北欧神话图鉴

维京传奇与诸神奇幻冒险史诗

［英］马丁·多尔蒂　著

胡妮　王丽蓉　著

西苑出版社　金城出版社

·北京·

Norse Myths by Martin Dougherty
Copyright © 2016 Amber Books Ltd, London
Simplified Chinese edition copyright © 2025 Xiyuan Publishing House Co., Ltd., an imprint of Gold Wall Press Co.. Ltd.
All rights reserved.

本书一切权利归**西苑出版社有限公司　金城出版社有限公司**所有，未经合法授权，严禁任何方式使用。

图书在版编目（CIP）数据

北欧神话图鉴／（英）马丁·多尔蒂著；胡妮，王丽蓉译．－－北京：西苑出版社有限公司；金城出版社有限公司，2025.3．－－ISBN 978-7-5151-1044-8

Ⅰ．B932.53-64

中国国家版本馆 CIP 数据核字第 2024W1M268 号

北欧神话图鉴

作　　者	［英］马丁·多尔蒂
译　　者	胡妮　王丽蓉
责任编辑	许　姗
责任校对	岳　伟
责任印制	李仕杰
开　　本	710 毫米 × 1000 毫米　1/16
印　　张	14.25
字　　数	216 千字
版　　次	2025 年 3 月第 1 版
印　　次	2025 年 3 月第 1 次印刷
印　　刷	小森印刷（北京）有限公司
书　　号	ISBN 978-7-5151-1044-8
定　　价	59.80 元

出版发行	西苑出版社有限公司　金城出版社有限公司
	北京市朝阳区利泽东二路 3 号　邮编：100102
发 行 部	(010) 84254364
编 辑 部	(010) 64214534
总 编 室	(010) 88636419
电子邮箱	xiyuanpub@l63.com
法律顾问	北京植德律师事务所　17600603461

CONTENTS
目　录

导　语	古北欧人	001
第一章	创世与宇宙观	021
第二章	北欧诸神	041
第三章	约顿巨人	087
第四章	魔法生灵	119
第五章	《埃达》	149
第六章	诸神的黄昏	191
第七章	北欧宗教留给世人的遗产	207

导　语

古北欧人

我们都听说过托尔、奥丁和洛基的故事，很多人虽不记得那些故事是从哪里听来的，但却记得北欧诸神大战巨人，最终遭到诡计之神洛基背叛的故事。

从未想过研究神话的人可能不知不觉就对北欧神话有了深切了解。原因之一在于北欧历史和相关文献中的英雄传说流传至今，对其他文化有着深远的影响。现代奇幻故事和科幻小说中均有大量源自北欧神话的元素，如精灵、矮人和亡灵战士等。

在漫威推出的漫画、小说和影片中，托尔和他的伙伴们来自一个富有神力的种族，他们其实就是北欧神话中的原始族类。大卫·德雷克的《北欧世界三部曲》中，故事角色与北欧诸神有颇多相似之处——司令员诺斯就像众神之父奥丁一样，为了获取关于未来的知识而失去了一只眼睛。对于创作者而言，借用神话人物也许是经过深思熟虑的。也有一些影响是潜移默化的，创作者们可能无意识地运用了北欧神话的某些元素。在现代奇幻故事当中，矮人制造的魔法武器已经成了一个常见的奇幻隐喻，很少有人想到它也来自北欧的神话传说。同样，科幻小说中也有很多"诸神的黄昏"式的背景设置和末日大战，即使对原始神话一无所知的人也熟悉此类背景设置的含义。

北欧神话之所以能产生远超其他神话的强大影响，原因很多，这些人物和故事都非常有趣，而且他们的冒险活动构成了一个个了不起的故事。其他神话也有同样迷人的概念，但却鲜为人知，因为那些概念需要更多的解释，还不一定能吸引观众。对观众来说，熟

左图　这幅挂毯描绘的是奥丁、弗蕾娅和托尔，其历史可追溯到"维京时代"很久之后的12世纪。我们对北欧神话的了解大部分源自这些后来出现的资料，因为当时几乎没有相关记载。

悉的故事听起来更真实，熟悉的角色也更容易让人产生认同感。时至今日，我们仍能从北欧神话中获得创作的灵感和审美的愉悦。当然，还有另一个原因，那就是北欧人自己。

古北欧人

古北欧人俗称"维京人"（虽然这一说法相当不准确），居住在斯堪的纳维亚半岛——现在的丹麦、挪威、瑞典以及芬兰部分地区——从那里再分散到其他地区。居住在现俄罗斯的古北欧人被称为"罗斯人"，对当地的发展产生过深远的影响。他们在诺曼底的定居点得到了法兰克国王的承认，后来成立了欧洲的一个公国，现代英国君主制便从中发展而来。征服者威廉（即诺曼底公爵）虽与北欧的战争领袖有所不同，但他的血统和传统的确源自古北欧。

部分古北欧人也定居在冰岛和格陵兰岛，甚至北美的小部分地区（纽芬兰）——尽管时间极短。古北欧人在纽芬兰和格陵兰岛的定居地早已不复存在，但冰岛却发展得很繁荣，并成为一个现代国家。正是在冰岛，许多古代北欧的英雄萨迦终于有了文字记载，而

上图　为了再现古北欧人的生活方式，极度迷恋他们的现代人精心重建了他们的家园。图中是位于纽芬兰的兰塞奥兹牧草地。

我们对古北欧人和北欧诸神的了解也来源于此。

"维京人"一词泛指古北欧人,但实际上指的是参与远征的人。远征是指需要众人轮流划桨的远航,那些未经轮换直接划船到达目的地的短途出海则不包含在内。从更广义的角度来说,远征包括陆地或海上的所有长途旅行。所有参与远征的人都是"维京人",但仅限于他们回家之前。

古北欧人最著名的远征是他们对欧洲沿海地区进行的突袭,但是他们也愿意从事贸易活动,有的远征则是两者兼有之,具体取决于各地的富裕程度和当地人的防守程度。古北欧人通过突袭和贸易,来到了欧洲沿海地区,继而进入地中海一带,有些人在他们喜欢的地方定居下来。大部分古北欧人定居在不列颠群岛、北欧沿海地区和冰岛,以及波罗的海的内陆地区。

古北欧人的贸易和突袭远征最远抵达了阿拉伯世界,甚至抵达了丝绸之路上的部分地区。有人异想天开,试图将东南亚的如尼文涂鸦解释为维京海盗沿丝绸之路前往中国,顺着长江前进,一路前往太平洋沿岸。甚至有人声称古北欧人到达过澳大利亚。但是,这些说法其实都缺乏可靠依据。还有人就北美的古北欧人定居点夸夸

古北欧人在纽芬兰和格陵兰岛的定居地早已不复存在,但冰岛却发展得很繁荣,并成为一个现代国家。

下图 古北欧人沿着欧洲和俄罗斯的大河抵达过中东地区,与那里的阿拉伯人做交易,由此联通了通往中国的丝绸之路。

导 语
古北欧人

上图 早期的突袭行动一次最多只用到少数几艘船，但在后来的"维京时代"，维京人往往派出数百艘船舰，满载数千人。他们曾在845年和885年至886年间围攻巴黎。

其谈，甚至用大量赝品佐证美洲内陆存在古北欧人定居点，而事实上，这样的定居点几乎不存在。

先不管古北欧人究竟到过哪些地方、做过哪些事情，可以肯定的是：古北欧人的确到过许多地方，并留下了或好或坏的印象。证据之一就是，拜占庭帝国皇家有支名叫瓦兰吉卫队的精锐部队，这支部队最初招募的都是罗斯士兵，而罗斯士兵就是迁移而来的古北欧人。瓦兰吉卫队后来在欧洲北部大范围征募新兵，而这些地区通常都受过古北欧文化的影响。

古北欧人所到之处，有关他们的传说层出不穷。古北欧人把自己的神话和故事带到了他们定居的地方，这些故事在基督教创立之后还长期流传着。事实上，曾有一段时间，许多古北欧人都同时信奉基督教和北欧旧神。随着时间推移，尽管我们仍然能感受到北欧诸神对现代文化的影响，却只能在神话中得见一隅了。

古北欧人是吃苦耐劳的民族，他们居住在环境恶劣的地方，喜欢乘帆船远航，并开创了海上航行的各种方法。他们当然也是勇敢的民族。尽管他们在需要的时候会使用暴力，但事实上北欧文化中极少有职业战士。大部分维京人会在远征探险结束之后回到农场或从事原来的行业，很多人甚至从来不曾外出探险过。听着诸神争斗故事长大的古北欧人崇尚勇气、武艺和类似的军事价值观，因此，古北欧人在需要时可以化身为战士，而且是斗志昂扬的战士，但不是一个好斗的民族。

古北欧商人和移民将他们的故事和神话带至各地。随着时间的推移，这些故事和神话不可避免地遭到了扭曲，并与其他文化融合在了一起。因此，同一个故事可能会有许多不同的版本，在某些情况下，有的故事极度偏离原来的版本，除了最常见的一些术语之外，被改编得几乎面目全非。

在我们看来，北欧神话也遭到了扭曲，因为在所谓的"维京时代"几乎不存在文字记录。虽然有人使用了如尼文，但重要信息都记录在游吟诗人的作品中。游吟诗人是古北欧诗人，他们记录并颂扬了古北欧人的英雄事迹，通过朗诵和训练新的游吟诗人而使其保持生命力。直到"维京时代"结束很久之后，这些传奇故事才被文字记录下来，却在与其他神话相比较的过程中进一步地被歪曲了。

我们所知道的大部分北欧神话都来自《诗体埃达》和《散文埃达》，这些资料是零碎的，有时甚至互相矛盾。它们是多年后才记录下来的，大部分来自冰岛，其中很多神话故事成了凡人英雄故事的一部分。

没有所谓的"圣书"可以作为研究北欧神话的最高权威，也没有人能确保书中的信息是完全正确的。

大部分北欧神话的公认版本都来自冰岛诗人斯诺里·斯图鲁松，写作于1200年至1240年——那是"维京时代"结束很久之后，更是基督教取代古北欧宗教很久之后。在一些故事中，他似乎杜撰了一些细节来"整合"北欧万神殿，以创造神与巨人之间的关系，并给诸神的父母命名，而那些故事的原始版本中似乎没有证据表明这种关系。斯图鲁松似乎还将基督教的价值观强加到了某些北欧观念中。例如，他对死亡和来世的描述就似乎深受基督教天堂与地狱思想的影响。

其他文化的编年史作者则通过比较的方法来了解北欧诸神。然而，这样做可能会造成理解混乱，因为托尔就是托尔，绝不是罗马神话中拥有闪电之力的战神玛尔斯！这种比较在最基本的层面上是可行的，但总体上可能会造成概念混乱，从而创造出一种原本不存在的泛欧性的一神论。

神话与现实的融合

小说往往是对现实的曲折反映。传说中的北欧"龙船"就是将现实与虚构相混淆的一个例子。"龙船"一词多年来一直被用来描述用于突袭和贸易远征的长船，船头确实雕刻成了可怕的形状，但迄今为止仍然无人找到证明那是龙头的明显证据。考古学家已经确认了蛇、马和其他各种图案。当然，龙的图案可能曾经很流行，但却没有保存下来。

"龙船"一词的由来并不清楚。一些历史资料似乎暗示了古北欧的船只和龙之间存在某种联系，其性质可能比雕刻船头更为奇特。可能是编年史作者记录了目击者的混乱叙述——毕竟，当一艘满载着嗜血的古北欧人的船只驶近时，普通村民如果没有分清楚船头上雕刻的到底是蛇还是龙，也是情有可原的！当然，这也可能是夸张手法或游吟诗人的言辞。游吟诗人既是诗人，也是历史学家。他们还善于修辞，往往会在诗歌中大量使用"比喻的复合词"。这些比喻的复合词可能很简单，比如用"海上骏马"代指船，也可能微妙而复杂；用"浪里巨龙"比喻一艘船头刻着龙的船，或者比喻一船正打算突袭的贪婪的维京人。

右图 古代的北欧船只上的船头雕刻无疑是古北欧人的巨大骄傲，彰显了这些船只的身份——这可能对必须远涉重洋的维京人具有重要意义。

古北欧人形象的误读

在维多利亚时代，人们重新燃起了对古北欧人和北欧诸神的兴趣之火，但却进一步扭曲了我们的相关认识。那时候，人们对古典主义时期希腊、罗马文化的热情高涨，将之与古北欧文化做了许多错误的比较。在浪漫的维多利亚式描绘中，古北欧战士的头盔有了翅膀，而这是毫无考古依据的，甚至，他们的衣服和盔甲往往都很不得体。

在维多利亚时代的人看来，古北欧人是"高贵的野蛮人"，他们在北欧神话中那些令人不快的方面都被剔除了。例如，把亡灵战士带往瓦尔霍尔（将其称作"瓦尔哈拉"是维多利亚时代认识扭曲的结果）的瓦尔基里原本是与腐肉和野兽相关的女巫，但后来却被描述成了美丽迷人的女武神。基督教中的天使也经历过类似的遭遇：他们起初面容可憎，长着三个头和六只翅膀，看起来极其恐怖；但

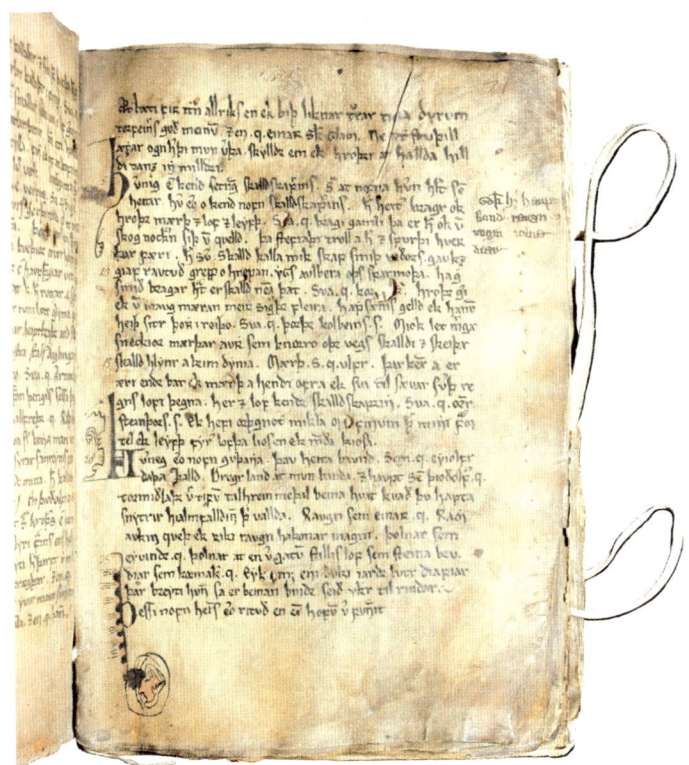

左图 这里是一本 14 世纪的《诗体埃达》手稿，最初由斯诺里·斯图鲁松根据北欧传统诗歌编纂而成。由于是在基督教取代北欧宗教很久之后才记录的，这些故事不可避免遭到了扭曲。

现代作品中的天使却安详而美丽，看起来舒服多了。如今，人们心目中的瓦尔基里同样是令人赏心悦目的。

当然，另一种常见的古北欧人形象是"残暴而原始的野蛮人"，他们都是精神变态者——头上戴着带角的头盔，还会吸食别人的脑髓，但我们没有任何证据可以证明古北欧人头盔上有角。这一点也不奇怪，因为这样的头盔在战斗中会成为累赘，很可能会被绳子缠住。古北欧人肆无忌惮地摧毁一切，这样的形象认知主要来自他们的受害者，其中一些人是基督徒。在历史书中，这些基督徒讲述了古北欧人及其异教诸神怎样来到基督徒的领地上大肆掠夺。他们几乎没有理由对古北欧人进行公平公正的评价。

如此一来，我们今天所看到的古北欧人形象已被严重扭曲，我们对北欧宗教的理解也同样如此。然而，至少在某种程度上，北欧神话正是通过这种扭曲的方式才得以如此盛行。北欧神话已经蔓延至整个欧洲，抵达更广阔的世界，因此，不再被广泛崇拜的千年之后，北欧诸神仍然拥有强大的文化影响力。

古北欧人的起源

总体来说，后来成为北欧诸族的人可能是在公元前8000年至公元前4000年之间进入斯堪的纳维亚半岛的，因为该地区在冰河时代结束后开始变暖。最早的北欧居民可能是半游牧的猎人，再逐渐定居下来，成为农民和牧民。公元前2000年至公元前1500年，斯堪的纳维亚半岛开始进入青铜器时代。青铜器制成的工具质量更好，提高了农业和手工业效率，也使得该地区能够养活比以前更多的人口。

公元前500年左右，斯堪的纳维亚半岛开始广泛使用铁器，从而使这里的人能够创造出更好的工具和武器，他们弃青铜器而改用铁器，这不仅是为了提高工具的质量和耐用性，也是因为可以省去烦琐的青铜交易过程。

众所周知，铁器时代的斯堪的纳维亚人与古北欧的日耳曼人有所接触，并通过他们与罗马帝国建立了联系。斯堪的纳维亚文化在某种程度上受到了古凯尔特人的影响，后来又受到了欧洲凯尔特文化以及罗马社会的影响。某些罗马史料提到了斯堪的纳维亚的一些地名，但其准确性还有待商榷。

虽然当时的船只还不能进行长途航行，也无法穿越公海，但海上突袭和海上贸易在斯堪的纳维亚半岛上已司空见惯。从古墓穴中出土的某些证据表明，当时的斯堪的纳维亚半岛非常繁荣，但冲突也时有发生，不过规模可能较小。由于沿海地区的突袭实在太过普遍，人们修建了大量山丘城堡和其他防御工事。但是，几乎没有迹象表明那里曾发生过大规模战争。这更可能是因为当时没有组织严密的大国。

400年左右，匈奴人开始进军欧洲，引起了欧洲社会的巨大动荡，但并没有直接影响到斯堪的纳维亚半岛，因为他们并没有入侵该地区。然而，随后几年，大量流离失所的日耳曼人开始向东游荡，寻找新的家园，斯拉夫人和芬兰人也不断涌入斯堪的纳维亚半岛。这一切很可能导致了一些重大的社会变化。

最初，斯堪的纳维亚半岛的定居者与欧洲大陆的日耳曼人讲的是同一种语言。但是，在550年至750年之间，斯堪的纳维亚半岛的语言迅速发生了变化，形成了德恩斯克通加语，或称"丹麦语"。整个斯堪的纳维亚半岛和北欧人定居的地区都讲德恩斯克通加语，但这种语言后来又演变成了各种各样的地方方言，并最终发生了分化。于是，东部地区（例如瑞典和丹麦）、冰岛和爱尔兰等地的语言几乎完全不同了。

当欧洲其他地区还处于民族大迁徙时代的阵痛中时，斯堪的纳维亚半岛的局势已经稳定下来，只是偶尔发生一些小规模冲突。随着民族大迁徙而来的是新民族的出现，这些民族特征往往融合了各组成部落的原有特征。由此一来，斯堪的纳维亚原始文化中的某些元素便得到了进一步传播。不过，到了800年，欧洲新兴国家已明显不同于那些尚未被纳入文化融合体的斯堪的纳维亚半岛国家。

进入文德尔时期，在瑞典文德尔地区一处贵族墓地的重大考古发现，证明了该时代古北欧原始兽类文化的兴起。古北欧的上层社

下图 远在斯堪的纳维亚半岛进入铁器时代之前，古北欧人就能制造出高质量的金属武器和其他物品。图中这种制作精良、装饰精美的青铜矛头，即使不怎么耐用，也像大多数铁枪矛头一样大有用途。

右图 图中这顶头盔制作于维京时代之前的文德尔时期，比现代作品中所描绘的带翼头盔更适合实战。头盔的面颊设计反映了罗马文化的影响。

会非常富裕，能够从新兴的法兰克王国进口马匹。这个时代的一些传说和萨迦都提到了王子和高贵的战士骑马作战，尽管他们通常是徒步作战。

我们对文德尔时期的了解大多来自文德尔地区的考古发现，其中包括巨额财富和质量上乘的工艺品以及只可能是进口而来的商品。这个时期的造船技术已相当发达，古北欧人可以乘船到不列颠群岛去进行贸易或到奥克尼定居。漫长的海上探险成为可能，由此开启了我们通常所谓的"维京时代"。我们通常认为，维京时代始于793年，其标志性事件是北欧人对英格兰东北海岸的潮汐岛林迪斯法恩发动的第一次大规模海盗袭击。然而，至少早在那次袭击发生好几年之前，斯堪的纳维亚的船只已开始远征不列颠群岛。按照"维京人"这个词的一般定义，这些船上的所有船员都是维京人。

维京时代的特点是海盗袭击的规模不断扩大。刚开始维京人只用一两艘战舰攻击某个偏远的定居点或防御薄弱的村镇，后来是用数百艘船组成的舰队发动大规模战役，大批北欧军队开始为争夺大片土地而战斗。维京时代结束于1066年的黑斯廷斯战役。那时候，很多地区，尤其在斯堪的纳维亚半岛和英格兰的约克附近，已建立起"维京王国"，其中一个维京王国发展成了公国，正是这个公国在三方争夺英格兰之战中的胜利结束了维京时代。此时，基督教已取代旧的古北欧宗教，古北欧人也经历了巨大的社会变迁。然而，尽管古北欧人的时代已成过往，古老的北欧文化仍在影响着欧洲文化，其重要性丝毫不亚于古希腊或古罗马文化。

如尼文

如尼文是一种传达意义的符号，但与英文字母或象形文字并不完全相同。如尼文具有字母的功能，可以表示音节或单词的一部分，也可以作为象形图表示某个意思，传达超越拼写和语法的意义。如尼文的意义取决于上下文语境，这使得如今翻译如尼文尤其困难，

左图 常见的掠夺欧洲圣地的海盗袭击者形象源于793年对林迪斯法恩的突袭。然而，北欧人之所以开战，只是出于经济利益。

如尼文可以用来拼写单词，表示音节或单词的一部分也可以用来表达思想。

即使是常用的如尼文也会因时间和地点的不同而表示不同的意思。

表示如尼文的系统叫字母表或如尼文字母表，但我们也可以将其看作具有多种意义的字符集。表示日耳曼如尼文字符集的术语叫弗萨克（Futhark），由字母表中起始的 6 个如尼文衍生而来，就像"Alphabet"是从希腊字母表中前两个符号 α（Alpha）和 β（Beta）派生出来一样。古凯尔特人使用的欧甘文起源于 1 世纪左右，是由在木头、石头或骨头上雕刻的线条组成，是记录当时语言的字母系统，与日耳曼的弗萨克文出现在同一时代，但属于不同的语言系统。

已知最早的弗萨克文，即古弗萨克文，最早出现在 1 世纪左右，到 4 世纪左右发展成熟。大约在 750 年，也就是维京时代开始的时候，古弗萨克文被后弗萨克文所取代，如尼文的字母也由 16 个变成

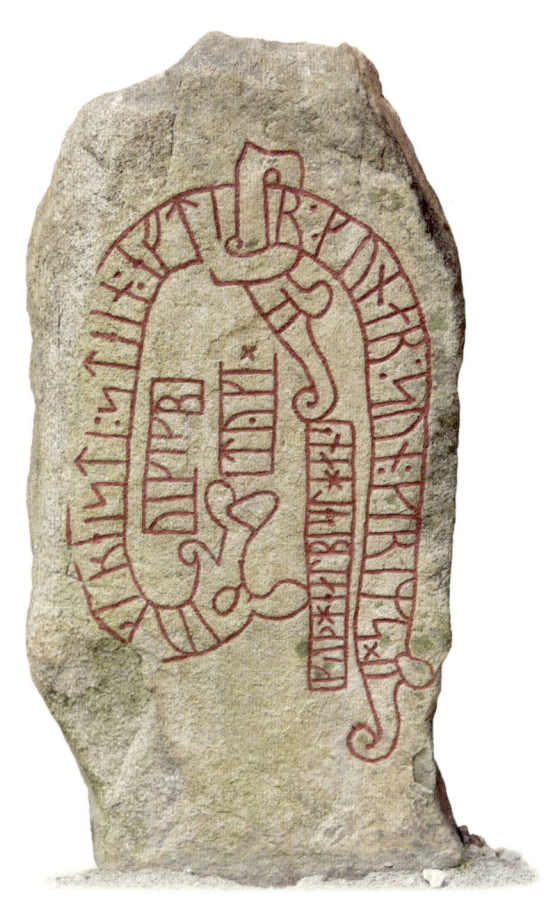

右图 如尼文没有曲线结构，多为锐角形，因而便于雕刻在石头上。图中的石碑发现于瑞典斯德哥尔摩附近。石碑上大部分如尼文都刻在一条大蛇身体上。

012　　　　　　　　　　　　　　　　　　　　　　　　　　　　北欧神话图鉴

左图 图中是一首如尼文写的诗《玛丽的哀歌》，其最初版本可追溯到14世纪，那时候，如尼文已被拉丁文取代，至少对于有学问的人和圣人来说是这样的。

了24个。在盎格鲁－撒克逊人的土地上，盎格鲁－撒克逊人使用的北欧古字母表有38个字符。他们的弗萨克文和古弗萨克文都在欧洲使用过，最终融合在一起。

现代学者普遍认为，如尼文是从地中海传入北欧日耳曼人手中的，且早期的如尼文可能来源于拉丁语形成之前的拉丁语族。北欧神话中有个颇富戏剧性的故事讲述了北欧人如何获取如尼文。为了获得智慧，奥丁用长矛刺穿了自己的身体，在一棵树上——这棵树很可能是世界之树伊格德拉希尔——悬挂了九天九夜。期间，他凝视着反映过去情况的乌尔德之井，从中学到了很多东西，之后还学会了如尼文，并获得了如尼文的力量。

因此，北欧人认为，如尼文不仅是记录信息的工具，更是力量的源泉，是来自众神之父奥丁的礼物。如尼文不仅可用来与人进行沟通，也可用来与非人类世界的生灵和力量进行沟通；就某些方面而言，如尼文可以当作一种与宇宙进行沟通的工具，如果使用正确，如尼文还可能会影响现实。北欧传奇故事萨迦中的主人公往往是一些英雄人物，他们能把恰当的如尼文刻在木棍或骨头之类的介质上

右图 木雕和石刻展现了北欧神话的迷人之处。遗憾的是，我们还不能准确解释这些雕刻品，只能根据后人的资料对其进行推断。

以施展魔法，也能够识别他人用如尼文施展的魔法。

有人认为，如尼文曾被用于预言未来或看到隐藏的东西，但事实是否如此还缺乏证据。在现代奇幻故事中，用如尼文占卜很盛行，并因其具有历史基础而被广为接受，但是，古北欧人实际上可能从未用如尼文进行过占卜。

北欧以外的观察家记录过各种各样的占卜方式，但他们的文字往往没有清楚说明如何用如尼文占卜或者是否使用过如尼文进行占卜。尽管如此，依然有更多的支持者提出如尼文占卜方法论，并声称（无论有没有证据）他们的方法是传统的北欧占卜法。多年来，出现了各种形式的"日耳曼神秘主义"，其中许多都与塔罗牌占卜有共同之处。不过，有人认为，如尼文比占卜具有更直接的力量。

传统故事中明确提到了如尼文如何被用来实施魔法。例如，用如尼文进行治疗或祈求战争胜利，提高口才或者保护船只免受风浪的影响。《诗体埃达》和《散文埃达》中也讲到了使用如尼文魔法的具体实例，瓦尔基里还记录了使用如尼文可能达到的各种魔法效果。既然如尼文可用来重塑现实，那它们可能不太适合占卜，因为占卜是为了揭示事实和窥视既定的未来，而如尼文魔法却可以改变未来。

北欧神话和其他神话

北欧神话与其他文化的神话有许多惊人的相似之处，其中一些是可追溯的，因为不同文化会逐渐融合，某些学者也试图用自己熟悉的术语解释另一种社会文化。一种文化体系中的神话甚至神灵可

探索北欧神话王国

与许多其他神话一样，北欧神话中有若干个"世界"。大多数神话都有"神的世界"和"凡人的世界"以及人死之后的"往生之地"——好人、坏人和不好不坏的人死后将分别去往各自不同的地方，而北欧神话的情形比这复杂得多。世界之树伊格德拉希尔连接着几个世界，包括诸神的世界、约顿各族的世界、凡人的世界、几个亡灵世界，还有精灵和矮人（他们都是强大的存在）的世界等。

能通过文化污染"转借"或添加到另一种神话体系中，独立形成的两个神话体系之间也可能存在惊人的相似之处。

每种文化中的众神殿都往往有或确实需要某些角色。首先，众神必须有一位领袖，而领袖的统治地位很可能会受到圈子里其他某个神灵的挑战。总有一些神灵处于相互敌对的立场，还有一些神扮演着古代世界中的各类角色。因此，神话故事中便有了战神、智慧之神以及代表其他重要角色的众神，与此同时，必定还有繁育之神或爱神。这些神在北欧万神殿中一应俱全，但他们履行职责的方式可能极其复杂。

就像古希腊和罗马的宗教故事一样，北欧神话中的神祇也是通过推翻他们的前辈才成为最高统治者的。在北欧神话里，这些被推翻的前辈被称为约顿巨人，但他们并不只是简单的"巨人"。实际上，"约顿巨人"更准确的翻译应该是"吞食者"，因为他们拥有强大的力量和破坏性。约顿巨人的体形和力量各不相同，有的体形巨大，有的则与神祇或人类相似。尽管他们拥有超凡的力量，但他们并不是真正的神。因此，将"约顿巨人"与希腊神话中的"泰坦巨人"相提并论更为恰当，这样的比较有助于我们区分北欧神话中的约顿巨人和其他神话或小说中的怪物和巨兽。

北欧神话的诸神在推翻他们的巨人祖先后，成为宇宙统治者，但这并不等于他们可以一劳永逸。约顿巨人阴谋对抗众神，并将在"诸神的黄昏"发动进攻，与之同归于尽。然而，有的女约顿巨人会嫁给神灵为妻，不过众神从未想过某个女性神灵会嫁给约顿巨人为妻。

希腊和罗马神话的众神往往比北欧神话的诸神更加冷漠。罗马众神往往会介入凡人的个人事务，且通常做出一些对人不利的事情；希腊众神更是如此，他们似乎与凡人女子生了大量半神半人的孩子，然后让这些孩子充当他们阴谋中对抗其他神灵的棋子，或者因为嫉妒而毁掉这些半神孩子的生活。总之，希腊和罗马众神对凡人并不友好。

北欧诸神与凡人的关系则不一样。对普通的北欧人来说，诸神就像身在远方的家人。诸神当然很强大，但只要凡人说出自己的想法，就可与诸神沟通。凡人不仅无须献祭以安抚诸神，而且可以与之讨价还价。每个北欧人都或多或少知道如何威胁他们的神灵。凡人可能只是需要诸神的援助，否则，他们很可能会与诸神大吵一架。这与其说是不尊重神灵，不如说是众多宗教中一种特殊形式的尊重。神灵是强大的，但他们和凡人的关系是双向的，而后者有权得到公平的对待，或至少有权对来自众神的不公平对待感到愤怒。

北欧神话中的神祇往往具有比其他神话体系中神灵更为复杂的身份。以奥丁为例，他是诸神中的智者和领袖，符合远古社会的传统男性角色。同时，他也是一个勇猛的战士，这同样是一个典型的男性角色。然而，奥丁还拥有魔法师的身份——这在北欧文化中通常被认为是不够"男子汉"的特质。在古北欧社会，施法和念咒通常与女性或女巫联系在一起，而不是英雄人物的标志。尽管如此，奥丁作为众神之父，无疑是最具男性气概的神，他却掌握了魔法的力量。这种多重身份的结合，使得奥丁的形象既传统又充满矛盾，展现了北欧神话中神祇的复杂性和多面性。

尽管北欧诸神的情况可能很复杂，但他们在为人处事方面从不会反复无常。诸神都有自己的计划并按计划行事，必要时甚至不顾一切也要按自己的计划行事。这引起了诸神之间的冲突，有时也使崇拜他们的凡人深感不安；但他们始终能够保持理性，北欧诸神从不为了取乐而玩弄凡人。希腊和罗马诸神有时会为了自己享乐而牺牲凡人，而且很多时候是出于一时的心血来潮，北欧诸神则始终都是可靠的。这并不总是一件好事，因为与一个始终不变的人为敌显然是危险的，但这确实意味着古北欧人十分清楚自己与诸神之间的关系。

北欧神话中唯一善变的是诡计之神洛基。起初，他反复无常，难以相处，但他目标明确，还能处理一些只有他能处理的问题。他天生主意多，擅计谋，这是其他众神所不及的。他的恶作剧造成了很多麻烦，但他至少解决了所有问题，而那些问题是其他诸神解决不了的。然而，洛基的恶作剧越来越过分，最终变得十分恶劣。参与杀害众神最爱的巴德尔之后，洛基立即遭受了严酷的惩罚，这种惩罚使洛基不可避免地站到了众神的对立面。"诸神的黄昏"时带领约顿巨人向诸神发起进攻的正是洛基。不过,洛基最喜欢干的事是用恶作剧捉弄其他神,即使他有比之更有意义的事情要做。

北欧宗教与盎格鲁－撒克逊人的宗教有着高度的相似性,这主要是因为它们有着共同的起源。盎格鲁－撒克逊人和日耳曼人原本都是古北欧人的近邻,尽管因欧洲的时局动荡和后来的诺曼征服而远离家园,但他们崇拜共同的神。由于语言差异,加上不同文化的影响,盎格鲁－撒克逊众神与北欧众神有了不同的名字,但本质上还是一样的,例如盎格鲁－撒克逊神话中的沃登就是北欧神话中的奥丁,沃登的妻子弗丽嘉就是奥丁的妻子弗丽嘉,沃登的儿子图诺

左图 北欧神话的约顿巨人并不一定像这里描述的那样体形庞大,许多约顿人的身高与托尔差不多,这张图片近景中的约顿巨人戴着带翼的头盔。

就是奥丁的儿子托尔。

不同于这种同源相似性，北欧宗教与基督教有很大不同。最明显的区别在于基督教没有万神殿，只有一个承担所有职责的神，其对手则是地位在他之上的天使。当然，两者之间也有一些相似之处，例如奥丁被挂在树上受苦，被长矛刺穿身体，为获得智慧而牺牲了一只眼睛；基督教的上帝也是在遭受苦难情况下拯救了世界。然而，基督教的上帝一般不会在凡人的世界里到处冒险，最多也不过是与凡人雅各布进行过摔跤比赛。

基督教和北欧宗教之间的另一个重要区别在于，虽然它们都以某种形式预言了世界末日，但勇敢的古北欧人却亲身参加了这场最后的战斗。在他们看来，所谓"下辈子"并不是旅程的终点，而是为"诸神的黄昏"做准备的时候。因此，那些幸存者将有机会在此后的新世界赢得一席之地，至少对某些人来说是这样的。

这些差异并没有阻止北欧人接受基督教，尽管许多人起初是在信奉基督教上帝的同时也信奉其他诸神。保存下来的铸模可以用来铸造一枚吊坠，也可以用来铸造基督教的十字架或奥丁的锤子，全视个人喜好而定。这是可以理解的，因为信奉多神教的人比那些信奉一神教的人更有可能接受另一位神。早期的北欧基督徒对新神和旧神很可能抱着相似的态度——当得不到天神帮助而不高兴时，他们会对着天空大喊大叫、威胁或大声诅咒。然而，随着时间的推移，基督教不断发展，北欧神话中的旧神逐渐演变成为故事里的民间英雄，而不再是高高在上的神灵。

认识北欧诸神

北欧神话有两大神族，一是象征爱和生育的华纳神族，二是代表战争和军事的阿萨神族。盎格鲁-撒克逊诸神称为Wen和Ése，他们也与Etin（相当于约顿巨人）作战。现代奇幻故事很大程度上受到盎格鲁-撒克逊版本的北欧神话的影响，尤其是J.R.R.托尔金，他被称作"现代奇幻小说之父"，他对盎格鲁-撒克逊英雄神话，尤其是贝奥武夫传奇故事的研究，为现代奇幻小说确立了精灵、矮人及类似生灵的"标准典范"。

第一章

创世与宇宙观

"我们是怎么来的？"这是世人常提的一个基本问题。北欧神话为许多诸如此类的问题提供了答案，也为诸神和凡人的冒险故事奠定了基础。

相较于其他许多神话，北欧神话的宇宙观更为复杂。北欧神话认为，浩瀚的宇宙是由几个相互联系的世界共同组成的，每一个世界都有自己的特点，各自居住着独特的生灵。

宇宙初创

宇宙混沌之初，有两片中间隔着一条深渊的陆地，其中一片陆地上燃烧着熊熊烈火，名叫穆斯贝尔海姆，即炎之国；另一片陆地上则弥漫着层层冰雾，名叫尼福尔海姆，即雾之国。两片陆地之间是一个虚无的空间，名叫金伦加鸿沟，里面什么都没有，还被魔力所控制着。金伦加鸿沟里蕴含着万物生长的所有可能，但也是世界被摧毁时万物崩塌下陷的地方。

穆斯贝尔海姆位于金伦加鸿沟以南，统治者是一个名叫苏尔特的火巨人。没有原始资料清楚地记载过苏尔特是何时何地出现的，我们只知道他是穆斯贝尔海姆的领主。不管怎样，穆斯贝尔海姆喷出滚滚熔岩，一路向北，最终流入金伦加鸿沟。

尼福尔海姆的北部是不竭之泉赫瓦格密尔。它是宇宙中所有冷水的源头，从那里，埃利伐加尔的河水（冰丘）一路向南流入金伦加鸿沟。据《散文埃达》记载，这些冰丘由毒液组成，当这些冰丘流到金伦加鸿沟时，因穆斯贝尔海姆的热火而融化，形成了液滴，

左页图 北欧神话中到处都是神秘的生灵、万能的诸神和强大的精灵。诺恩三女神从乌尔德之井取水照料世界之树伊格德拉希尔，从而能够洞见并掌控凡人的命运。

下图 图中的尤弥尔，来自充满魔力的金伦加鸿沟，是冰与火相遇的产物。他是约顿巨人的始祖，他的身体提供了创造世界的基本物质，但实际的创世是经由他人之手完成的。

最终诞生了名叫尤弥尔的生灵。

尤弥尔有时被描述为雌雄同体的生灵，但这个词所体现的神秘意义远远超出了其代表的物理意义。当然，尤弥尔无须其他生物的帮助就能繁衍生命。他腋下流出的汗水变成了两个约顿巨人，他的腿或脚相互交配生出了第三个约顿巨人。这三个约顿巨人——两男一女——是最初的霜巨人。

来自尼福尔海姆的冰丘融化时出现了一头名叫奥德姆拉的母牛，它依靠舔食冰上的盐存活，并为尤弥尔提供牛奶。在奥德姆拉舔食冰盐的过程中，诞生了一名男子，这就是布里，他既不是约顿巨人，也不是牛，而是阿萨神族的始祖。布里有个儿子，名叫博尔。博尔娶了女巨人贝斯特拉为妻，她是尤弥尔的后裔。

博尔和贝斯特拉的长子名叫奥丁，是约顿巨人和阿萨神族的混血儿。然后，博尔和贝斯特拉又生下了奥丁的弟弟们，威利和维。

左图 魔法母牛奥德姆拉为尤弥尔和他的后代提供食物。它依靠舔食尼福尔海姆冰层上的盐来喂养自己。阿萨神族的始祖布里由此而生。布里的后代将给尤弥尔和奥德姆拉带来灾难。

与此同时，尤弥尔不断生出更多的约顿巨人。奥丁为此深感忧虑，便决定杀死尤弥尔，结束约顿巨人的延续。

于是，趁着尤弥尔沉睡之际，奥丁三兄弟袭击了他。这次战斗很艰苦，尤弥尔血流成河，约顿巨人几乎都被淹死了，只有布里梅尔和他的妻子幸免于难。夫妻俩坐着临时搭建的小船漂到很远的地方才得以幸存。不过，关于这艘船的具体形式，不同的故事版本说法不一。有的版本里，他们用挖空的树干造了一只独木舟；而有的版本则说，他们乘坐的是一个大大的木箱子。总之，他们逃到了尼福尔海姆，在那里繁衍了新的霜巨人。母牛奥德姆拉也成了这场灾

创造米德加德

众神用尤弥尔的眉毛（或睫毛）创造了米德加德，这里将成为人类的家园。米德加德是整个宇宙中最独特的存在，因为它是整个领域中唯一可以被凡人所感知的世界。其他的世界都以某种方式与凡人世界相连，但通常都不为凡人所知所感。众神在米德加德周围建了一堵围墙，将其与约顿巨人的王国隔开，从而保护它不受巨人和其他生灵的威胁。这个故事还有其他版本，有的版本暗示米德加德的围墙是用尤弥尔的眉毛创造的，却没有明确表示米德加德是用什么创造的；还有的资料表示，似乎整个米德加德（想必也包括其围墙）都是用尤弥尔的眉毛创造的。

北欧神话中的世界始于杀害尤弥尔并肢解其尸体的暴力行为。

难的牺牲品，被冲到金伦加鸿沟的深渊里，灰飞烟灭了。

奥丁和他的两个弟弟成功地摧毁了几乎所有的霜巨人。更重要的是，他们摧毁了巨人的源头尤弥尔。他们用尤弥尔的身体创造了整个宇宙，把尤弥尔的头骨化成天空，把他的大脑变成天上的云，还将穆斯贝尔海姆的火花高高抛起，化成天上的星辰。

尤弥尔身上的肉化成了大地，骨头化成了山峦，头发化成了青草树木，汗水（某些神话版本说是血）化成了海洋，从他的尸体里出爬来的蛆虫化成了被称为矮人的生物，其中四个矮人奉命撑起天空，以防天空坠落下来。这四个矮人的名字叫奥斯特里、桑德里、维斯特里和诺迪，分别对应他们在世界上所处的东、南、西和北四

右图 这座墓碑上描绘的是世界上最初的四个矮人。他们受神族指派站在世界的四个角落，撑起天空。图中呈现的可能是创世时的一幕，也可能是后来的宇宙。

上图 苏尔和玛尼是凡人的孩子。因为他们父亲的傲慢自大而遭到了众神的惩罚,不得不坐在战车上绕着世界永无休止地旋转。注定将在世界末日抓住他们的两头恶狼在后面不停地追赶着他们。

个位置。其他矮人则生活在名叫尼德威阿尔的地下王国。

北欧神话中的太阳和月亮,来自阿萨神族对凡人傲慢的惩罚。凡人见他的两个孩子聪明又美丽,便给孩子们取名为苏尔和玛尼。为了惩罚这个凡人的傲慢,诸神把他的两个孩子放逐到了天上,并让他们坐在载着太阳和月亮的战车上。约顿巨人纳特和她的儿子达格(即黑夜和白天)也被派到了天上,乘坐战车绕着世界旋转。有两头恶狼一直追赶在太阳和月亮的后面,他们是约顿巨人的孩子,名叫斯科尔·赫罗德维尼松和哈蒂·赫罗德维尼松。他们注定要追赶太阳和月亮,直到"诸神的黄昏"。那时候,他们终将赶上太阳和月亮,并一口将其吞入腹中。

世界之树伊格德拉希尔

奥丁和他的两个弟弟创造了九大世界,并通过世界之树伊格德拉希尔将这九大世界彼此连通。伊格德拉希尔是一棵巨大的梣树,位于所有世界的中心,与所有的世界相连,但凡人既看不到它也感觉不到它。世界之树有三条根,分别延伸到阿斯加德、约顿海姆和

右图 为了呈现北欧神话中的多重世界以及将这些世界连在一起的世界之树伊格德拉希尔，人们进行了许多尝试。我们还可以在此图中看到连接阿斯加德和米德加德的彩虹桥比尔鲁斯特。

尼福尔海姆，每条根的附近都有一口井。这些"井"有时被称为"泉水"。无论叫什么，它们都是水之源，但并非人工建造的物理意义上的水井。

伊格德拉希尔是整个宇宙的本源，还连通了九大世界。由此一来，诸神可以在各大世界来回穿梭——奥丁就是骑着他的八足神马斯莱普尼尔沿着树干往返的。伊格德拉希尔是永恒的，甚至在经历了"诸神的黄昏"之后依然屹立不倒。当世界遭受摧毁的时候，最后两个凡人也是在伊格德拉希尔的庇护之下才得以幸免于难，进入新世界繁衍新的人类。

乌尔德之井位于阿斯加德那条树根附近，又称为"怀尔德井"

或"命运之井"。乌尔德之井是伟大的智慧与力量之源,奥丁就是在这里获得了如尼文及其智慧。乌尔德泉水滋养着世界之树,反过来又因树上滴落的露珠而永不枯竭。诸神经常在这口井旁相聚,诺恩女神也来这里饮用井水。

诺恩女神是三个神秘的女人,在许多方面与希腊神话中的命运女神相似,都与万物的命运息息相关,但她们的预言并非一成不变。诺恩女神把所有生灵的命运都刻在了伊格德拉希尔的树干上,但凡人确实能在某种程度上改变自己的命运——树干上的雕刻会因命运主人的行为而被改写。

泉水从反映过去的乌尔德之井到伊格德拉希尔树再回到乌尔德之井,个人控制命运的能力与这种循环息息相关。但是诺恩女神最初雕刻在树干上的命运已经确定了命运可能性的范围,即使最有能力的人也无法超出这个范围去改写自己的命运。不同于希腊神话中个人命运完全受命运女神掌控的情况,北欧神话中,人的命运更像诺恩女神手中的一把牌,具体如何玩,全由玩家自己决定。

第二条树根通向约顿海姆,也就是曾经的金伦加鸿沟所在之地。树根旁边是密米尔之井,里面蕴藏着无穷的智慧与才情。奥丁就是

下图 诺恩女神是与命运相关的超自然存在,但她们并不能完全预知一个人的命运。相反,她们守护着既定命运中的种种可能性,命运的主人则在某种程度上掌控自己的命运。

上图 图中描绘的是伊格德拉希尔和魔狼芬里尔。芬里尔注定要在"诸神的黄昏"最后一战中杀死奥丁。图中还展示了生活在伊格德拉希尔树枝上的各种生物。

下图 这座极具观赏性的马鞍被制作成了飞龙的造型。神秘生物是装饰物上的常见主题。

从这里得到了知识,但他也付出了代价,把自己的一只眼睛放到井里作为祭品才得到密米尔之井守护者密米尔的许可,从而喝到了井里的泉水。

密米尔是阿萨神族的一员,以其伟大的智慧而闻名。他的智慧是用加拉尔号角从乌尔德之井取水饮用之后获得的。海姆达尔后来也吹响了一只名叫"加拉尔"的号角以警示约顿巨人来犯和"诸神的黄昏"的开始,但我们还不清楚这是不是同一只加拉尔号角。密米尔在阿萨神族与华纳神族的冲突中被斩首之后,他的头颅被送到了奥丁那里,奥丁用魔法让它活了下来。后来,密米尔的头依

伊格德拉希尔树上的生物

除了魔龙尼德霍格之外，其他很多生物也以伊格德拉希尔为家。值得注意的是，有一只鹰住在伊格德拉希尔的树顶上，而魔龙尼德霍格——根据某些解释——则被钉在了树根上。鹰和龙是死敌，不仅仅是因为它们住在不同的位置，还因为树上住着一只名叫拉塔托克的松鼠，松鼠帮它们转告对方的话。因此，各种恶言恶语沿着伊格德拉希尔的树干传上传下，遍及九大世界的各个角落，使得他们永无和解的可能。这里面显然少不了拉塔托克的搬弄是非。此外，还有四只雄鹿也生活在伊格德拉希尔的树枝上，它们以树叶为食。

然说出了很多秘密，并给奥丁提供了很多建议。

第三条树根延伸到了尼福尔海姆，旁边是赫瓦格密尔之泉，是众多河流的源头。雄鹿埃克泰里纳角上流出的液体，不断补充到赫瓦格密尔之泉。埃克泰里纳站在奥丁的英灵殿（即瓦尔霍尔，也就是英雄战士死后去的地方）顶上，嚼食着伊格德拉希尔的树叶。赫瓦格密尔似乎没有什么神奇之处，但里面到处都是毒蛇，甚至无法描述其中究竟有多少条蛇。树根附近住着一条名叫尼德霍格的魔龙，它一刻不停地啃噬着伊格德拉希尔的树根和尼福尔海姆死者的尸体。

九大世界

人们普遍认为，北欧神话中有九大世界，但实际情况要复杂得多。有的资料直接提到过九个世界即阿斯加德、华纳海姆、阿尔夫海姆、米德加德、约顿海姆、穆斯贝尔海姆、尼福尔海姆、尼德威阿尔海姆、斯华特海姆。有的资料则比较隐晦，我们只能根据居住其中的人推断出这九个世界的名字。据记载，有七个种族拥有某个世界的统治权或居住在某个特定的世界里。这七个种族的世界再加上穆斯贝尔海姆和尼福尔海姆，就构成了九大世界。

如《埃达》所述，女神海拉拥有九大世界的统治权，因为她掌管死亡，而万物都会死去，这似乎强烈暗示着她的权威覆盖了整个宇宙中死去的万事万物。因此，按照这个逻辑，九大世界必然是整

上图 在图中所描绘的宇宙中，米德加德被一堵围墙保护着，周围环绕着浩瀚的海洋，海里躺着尘世巨蟒耶梦加德。耶梦加德极其巨大，它用身体环绕着整个世界，还可以吃到自己的尾巴。

个宇宙的全部。

宇宙中有九个主要领域是可以确定的，但一些领域在不同版本的故事中有着截然不同的特点。例如，有人认为女神海拉的宫殿位于尼福尔海姆，也有人声称它似乎是一个独立的地方。在这个问题上，有些消息来源似乎很混乱，我们能知道的是即使海拉的领域的确在尼福尔海姆之内，尼福尔海姆本身也不全归海拉所有。她的宫殿在一堵高墙之内，与尼福尔海姆的其他地方是分开的。其他领域也有这个情况，各个世界都有神族或约顿巨人统治的区域，有时也被错误地认为是各自所在世界的全部。

这些亚领域的存在极大地混淆了区域概念，甚至使得一个世界与另一个世界的关系也难以分辨。各种资料的解释有时是相互矛盾的,人们曾多次尝试着表述九大世界的关系,但大家各抒己见,意见不一。而与阿萨神族相关的一些场所的确位于其他族类的领域中,这使得情况更加复杂了。

有些资料把九个世界排列成整齐的三层,每层三个世界,最上层是"神族世界",中间是"凡人世界",底层是"地下世界"。研究者们一直对伊格德拉希尔那三条伟大的树根感到纠结不已,因为树根通常长在树的底部,但伊格德拉希尔的三条树根却是三个方向:一条通向神族世界、一条通向凡人世界、一条通向地下世界。另外,地下世界到底是在世界树主根的上面还是下面?神族世界究竟应该在树枝的上面、下面还是中间?对于诸如此类的问题,大家都各执己见。

这主要是因为,研究者们试图将一个形而上的概念具象化。实际上,伊格德拉希尔存在于所有世界之中,这是就精神层面而言,并非说它是一棵生长在世界中心的具有物理形态的参天巨树。这棵树有时被认为是世界的"中心",但就精神层面而言,将其理解为世界之"心"或许会更加准确。这棵树与万物相连,是现实世界的框架,也是九大世界之间来往的桥梁,更是乌尔德之井与万物互动并影响其命运的媒介。把伊格德拉希尔想象成一个连接世界的"无形宇宙框架"可能会比把它描述成一棵树要简单得多。

贯穿九大世界的一个关键概念是"因纳加德"及其对立面"乌塔加德"。因纳加德可以翻译为"围墙之内"或"围场之内"。这个围场的本质既是物理性的,又是形而上的——围场内遵守着可靠的自然法则和人为规则,围场外无须如此。

一般情况下,古北欧人的住所或村庄周围的地区都在"围场之内"。它不一定有有形的围栏,但一定有必须遵守的法则。在这样的地方及其附近,你可以安心地生活,因为武装人员会来执法或驱赶野兽。在远离围场的地方,在物质和精神的"围场之外",人烟稀少的荒野中暗藏着无尽的危险。脱离了规则管控范围的不法分子、野生动物和荒郊野外的世俗威胁,如寒冷,都可能对冒险离开围场

> 神灵会前往荒野寻求智慧与力量，然后回到自己安全的围场内——阿斯加德——休息。

的人构成真正的威胁。

围场内外的概念贯穿着古北欧人的思维模式。农民播种庄稼的地方便是在"围场之内"，放牧的地方也是如此。潜伏着危险的荒野森林则在"围场之外"。然而，"围场之外"未必就一无是处。例如，神灵可以从文明没有触及的荒野中获得神秘力量。很多故事也记录了他们去荒野或危险之境寻求智慧。生命的起源之地金伦加鸿也属于"围场之外"。

人们对法律和行为的态度都受到这些概念的影响。例如，严禁蓄奴和伤害妇孺，这是仅就北欧范围而言，在海外突击远征中，掠夺、肆意破坏和掳掠奴隶都是司空见惯的。因此，家乡是在法律适用的"围场之内"，但在"围场之外"，此类行为是可以接受的。

这与诸神的行为颇为相似。一个敢于越过法律保护下的安全地带进入围场之外地区的人，可以通过贸易或突袭获得财富，尽管他在这一过程中也面临种种危险。有时，人类和神灵都有必要冒险进入"围场之外"的地区，以消除威胁，保护围场之内的一切。安全、合法的地方必须得到持续的维护，"围场之外"更像是一种自然状态，如果不加以抵抗，混乱就会蔓延到围场之内的世界。

值得注意的是，九大世界中，除了阿斯加德和米德加德，其他世界的名字都以"海姆"结尾，意思是"家园"。阿斯加德处在最典型的"围场之内"——以防御墙为界，由阿萨神族统治。米德加德是人类的家园，由奥丁和他的弟弟们建造的围墙保护着，在很多方面都是阿斯加德的化身。米德加德是一个供人类生存的（相对）安全的地方，遵守着可预测的自然规律，并与外界的荒野隔离开来。对人类而言，其他几个世界可能是狂野而恐怖的地方，因为在很多情况下，如果没有神的帮助，凡人无法在米德加德之外的地方生存。

约顿巨人的王国被称作约顿海姆，有时也称乌特加德。它是乌塔加德的象征——狂野、变幻莫测、充满危险，同时也是能力强大的人可以获得智慧与力量的地方。约顿巨人本身也是（不受约束的）乌塔加德——他们狂野、不守秩序且不遵守神的法则。

根据不同的资料,九大世界所涉及的地方远不止九个。一些明显独立的世界实际上可能是同一个地方的不同名字,常见的九大世界主要是指以下地方。

阿斯加德

阿斯加德是阿萨神族的家园,通常被认为位于凡人世界之上,通过彩虹桥比尔鲁斯特与米德加德的人类世界相连。阿斯加德绿树成林、流水潺潺,生活着世俗和神秘生物,中心是伟大的阿萨神族之城,坐落着奥丁和他妻子弗丽嘉的宫殿,以及其他众神的宫殿。所有的宫殿都由黄金白银做成闪闪发光的尖顶。

英灵殿瓦尔霍尔大厅也坐落在这里,英雄战士们的亡灵在大厅里等待召唤,去参加"诸神的黄昏"的战斗。瓦尔霍尔大厅是一个神奇的地方,屋顶上站着一只源源不断地流出蜂蜜酒的山羊。这只名叫海德伦的山羊站在屋顶上,因而能够以世界树上的叶子为食,从山羊乳房里流出来的蜂蜜酒都收集在它下方的一个桶里。瓦尔霍尔大厅里还有一头巨大的猪。这是一头有魔力的猪,身上的肉怎么割都割不完。

某些解读《埃达》的文献认为,阿斯加德在地球上有实际指代,并且曾一度被认为就是特洛伊城。不过,众神议事的地方乌尔德之井却在天上,穿过彩虹桥比尔鲁斯特就可以到达。

华纳海姆

华纳海姆是华纳神族的家园。比起阿萨神族,华纳神族更擅长掌管繁育和自然。根据一些资料记载,华纳海姆位于阿斯加德以西,通常被认为是伊格德拉希尔顶部树枝中的"天上世界"之一。现存的资料很少提到华纳海姆,但我们还是可以从中推断出一些里面的细节。

像阿斯加德一样,华纳海姆也是一个阳光明媚、景色迷人的国度,无论森林还是河流,处处都生活着自然万物和超自然生物。从城市化程度和亲近自然的角度来看,华纳海姆可能比阿斯加德更为

上图 弗雷尔是华纳神族的一员,但在华纳神族与阿萨神族之间的战争结束时加入了阿萨神族。他是一位"无人不爱的神",主管繁育和丰收。

右图 山羊海德伦站在瓦尔霍尔大厅的顶上，以拉拉德树的树叶为食，拉拉德树可能是伊格德拉希尔的另一个名字。海德伦为瓦尔霍尔亡灵战士们提供用之不竭的蜂蜜酒。

"原生态"。对于那些不善于与自然相处的人来说，这里可能是一个相当危险的地方，但华纳神族本就属于这里，当然能生活得十分惬意。不过，华纳海姆似乎没有像阿斯加德那样在四周建有围墙或堡垒。

阿尔夫海姆

在各种资料的描述中，凡人世界之上的第三个"天上世界"是阿尔夫海姆，也就是光明精灵的家园。光明精灵是强大的存在，但其地位也许较为次要，拥有控制自然和生育的力量。阿尔夫海姆离阿斯加德很近，从此处到阿斯加德也比较容易。像华纳海姆一样，阿尔夫海姆也是一片荒野之地。这里到处都是森林，森林里生活着各种动物。对于那些不属于这里的人来说，这个世界可能十分危险。

阿尔夫海姆的统治者是弗雷尔，而弗雷尔是华纳神族的一员。这表明光明精灵和华纳神族之间有着密切的联系，尽管没有原始资料对这种关系的性质做出过确切的解释。

米德加德

米德加德是凡人的世界，也是唯一能被人类完全感知的领域。米德加德四面环海，《埃达》中说那片海是无法穿越的。深海中躺着尘世巨蟒耶梦加德，它非常庞大，以至于它的身体包围了整个世界。米德加德还有一堵围墙，那是由巨人尤弥尔的眉毛（或睫毛）化成的。这样就把约顿巨人挡在了外面，从而使米德加德始终处在"围场之内"，就像阿斯加德一样。

米德加德通过伊格德拉希尔与阿斯加德相连，也可通过彩虹桥比尔鲁斯特到达。虽然米德加德遵守神的法则，但也有危险。不过，这些危险都是普通的，人类至少有机会与之抗衡。这种情况等到"诸神的黄昏"时将会发生变化，到那时，诸神将来到维格里德平原与约顿巨人作战，米德加德将会被摧毁，几乎所有东西都将遭到毁灭。

约顿海姆

约顿海姆位于"中间世界"，在米德加德旁边，但也有资料认为它位于伊文河南岸。伊文河将约顿海姆与阿斯加德分隔成了两个世界。这是一片贫瘠而寒冷的土地，是典型的乌塔加德地区，也就是说，它在普通人眼中是安全范围之外或非理性的世界。约顿海姆有时也被称为乌特加德，尽管这也用来指它的首都——那是一座用冰雪雕刻而成的城市。

约顿巨人总体上对诸神怀有敌意，有时他们与诸神之间的互动也是和平的或至少是非暴力的，因为有许多神族成员娶了女巨人为妻。诸神有时也会长途跋涉前往约顿海姆去寻找宝藏或智慧。伊格德拉希尔的一条树根延伸进了约顿海姆，靠近树根的地方是密米尔之井。曾有一段时间，密米尔是这口泉水的守护者，经常出现在它附近。这表明，神族也有可能居住在约顿巨人的土地上。

穆斯贝尔海姆

穆斯贝尔海姆位于整个世界的南部，到处燃烧着熊熊烈火，由火巨人苏尔特和他的家人埃尔约顿统治，这里也是火妖的家园。从创世神话中可见，熔岩在穆斯贝尔海姆到处流淌，也许还从这里流到了别处，火花雨也时常可见。不过，关于这个地方的其他细节却鲜有提及。

尼福尔海姆

整个世界的北面是尼福尔海姆。那是一片冰冻的土地，也是九大世界中最先被创造出来的。尼福尔海姆的赫瓦格密尔泉是三大井中最古老的一口，也是世界上所有冷水的源头。伊格德拉希尔的一条树根延伸到了尼福尔海姆，灭绝巨龙尼德霍格一直在那里不停地啃噬着树根，还不停地折磨死者，啃食他们的尸体或吸食尸体中的血液。在尼福尔海姆，诞生了赫里斯特（霜巨人）和尼夫伦加——威廉·理查德·瓦格纳在《尼伯龙根的指环》中称他们为"尼伯龙根"。

尼德威阿尔

尼德威阿尔由一个迷宫般的矿井和地下作坊组成，是矮人的地下家园——矮人们制造了伟大的魔法装置和魔法武器。尼德威阿尔和斯华特海姆可能是同一个地方，因为矮人和黑暗精灵之间的概念区别有时并没有那么清楚。

斯华特海姆

另一个地下世界——斯华特海姆，是黑暗精灵的家园。人们普遍认为，喜欢恶作剧的黑暗精灵是造成噩梦的罪魁祸首。黑暗精灵被太阳照射就会变成石头，所以，他们只得把自己的家建在地下。

冥界或海姆冥界

一些资料显示,海拉女神在尼福尔海姆拥有自己独立的王国,但她并不是整个尼福尔海姆的统治者,由一堵围墙将她的领地与尼福尔海姆的其他地区隔离开来。这里是一块冰雾笼罩的土地,但冰层比其他地方要少。其他版本的神话认为,海姆冥界是一个独立的世界,通常被认为深藏在地下,但这可能是受到了基督教的影响。"Hel"的意思是"隐蔽的"或"隐藏的",并没有明确的迹象表明它位于地底深处。

彩虹桥比尔鲁斯特

彩虹桥比尔鲁斯特连接着阿斯加德和米德加德。它看起来像一道彩虹,它的名字比尔鲁斯特有"颤抖"或"稍纵即逝"的含义,这表明它不是坚如磐石。在一些版本的北欧神话中,神族主要居住在地球上,他们每天经过彩虹桥比尔鲁斯特前往阿斯加德,然后在天黑前返回家中。

虽然从彩虹桥比尔鲁斯特可以快速便捷地进入凡人的领域,但这座桥是阿斯加德防御系统中潜在的薄弱之处,必须时时加以防守。镇守彩虹桥比尔鲁斯特正是海姆达尔的任务——他的使命就是在约

上图 这幅色彩斑斓的图画所描绘的是连接阿斯加德和米德加德的彩虹桥比尔鲁斯特。

下图 托尔命中注定要被巨蛇耶梦加德杀死，但他选择了主动寻找它，而不是等待命中注定的相遇。他曾试图在巨人海米尔的船上把蛇钓出来，但最终没有成功。

顿巨人靠近彩虹桥比尔鲁斯特时向众神发出警报。在"诸神的黄昏"之日，他将吹响号角召唤众神参战，但这并未能阻止约顿巨人攻入阿斯加德。巨人的到来将摧毁这座彩虹桥。

"诸神的黄昏"与世界的新生

北欧神话中的时间和事件都是周期性的，包含了许多周而复始的事件，比如，乌尔德之井滋养着世界之树，然后又以露珠的形式从树上回到井里。但是，世界本身不可能是永恒的，它终将被摧毁，然后获得新生。

乍看之下，"诸神的黄昏"的故事和世界毁灭似乎是相当悲观的。战争毁灭了世界，诸神同归于尽。最糟糕的是，他们早已预知这一切，但却无法改变自己的命运。然而，事情远不止于此。"诸神

的黄昏"作为世界末日,为诸神的故事提供了一个既定的结局。正如古代北欧勇士们希望在战争中光荣地死去,从而在瓦尔霍尔获得一席之地一样,伟大的战神托尔的故事也不应该在年老体弱或疾病缠身中结束。

乌塔加德的外来势力入侵阿斯加德,企图将其变回凡人无法居住的混沌状态,众神将在保卫家园的战斗中光荣地死去。虽然托尔死了,但他在死前成功地击败了巨蛇耶梦加德。他活得足够长,足以在生命的终点知道自己已经赢得了最大的胜利,知道在自己保护下的众神都是安全的。在北欧人的思维习惯中,没有比这更好的结局了。坚贞的海姆达尔和奸诈的洛基互相残杀。奥丁被魔狼芬里尔吞噬后,他的儿子很快就替他报了仇。

北欧诸神的故事是极为宏大的,"诸神的黄昏"为他们打造了一个圆满的结局。诸神(只有洛基除外,但他自始至终都是约顿巨人)都忠于他们的本性,为了保护他们所创造的世界而英勇战斗,死而后已。正因为有了这份坚定,"诸神的黄昏"并不是世界的终点。

火巨人点燃了整个世界,怪物狂奔,到处一片混乱。世界被毁,沉入大海,甚至连伊格德拉希尔也陷入了一片火海。但之后,有人幸存下来。少数几个神和来自瓦尔霍尔的凡人英雄活着战斗到了最后,从而在新创造的世界中赢得了一席之地。最后两个凡人在伊格德拉希尔的庇护下得以幸存。当世界从新生的海洋中升起时,他们也有了自己的位置。

创造新世界

大多数人认为"诸神的黄昏"是万物终结之战,但事实上,这是重建新世界所需要的灾难性毁灭行动。正如屠杀尤弥尔才有了世界的初创,"诸神的黄昏"让世上的弊病一扫而光,取而代之的是美妙的新世界。

"诸神的黄昏"绝非悲观的虚无主义的"世界末日",而是希望和勇气的胜利;是最后的考验,而不是世界的终点。那些幸存者将在更加美好的新世界中获得一席之地。诚然,代价是高昂的。但北欧神话的主旨就在于奋斗,需要众神冒着巨大危险,承受巨大损失,以换取一个让一切变得更好的机会。

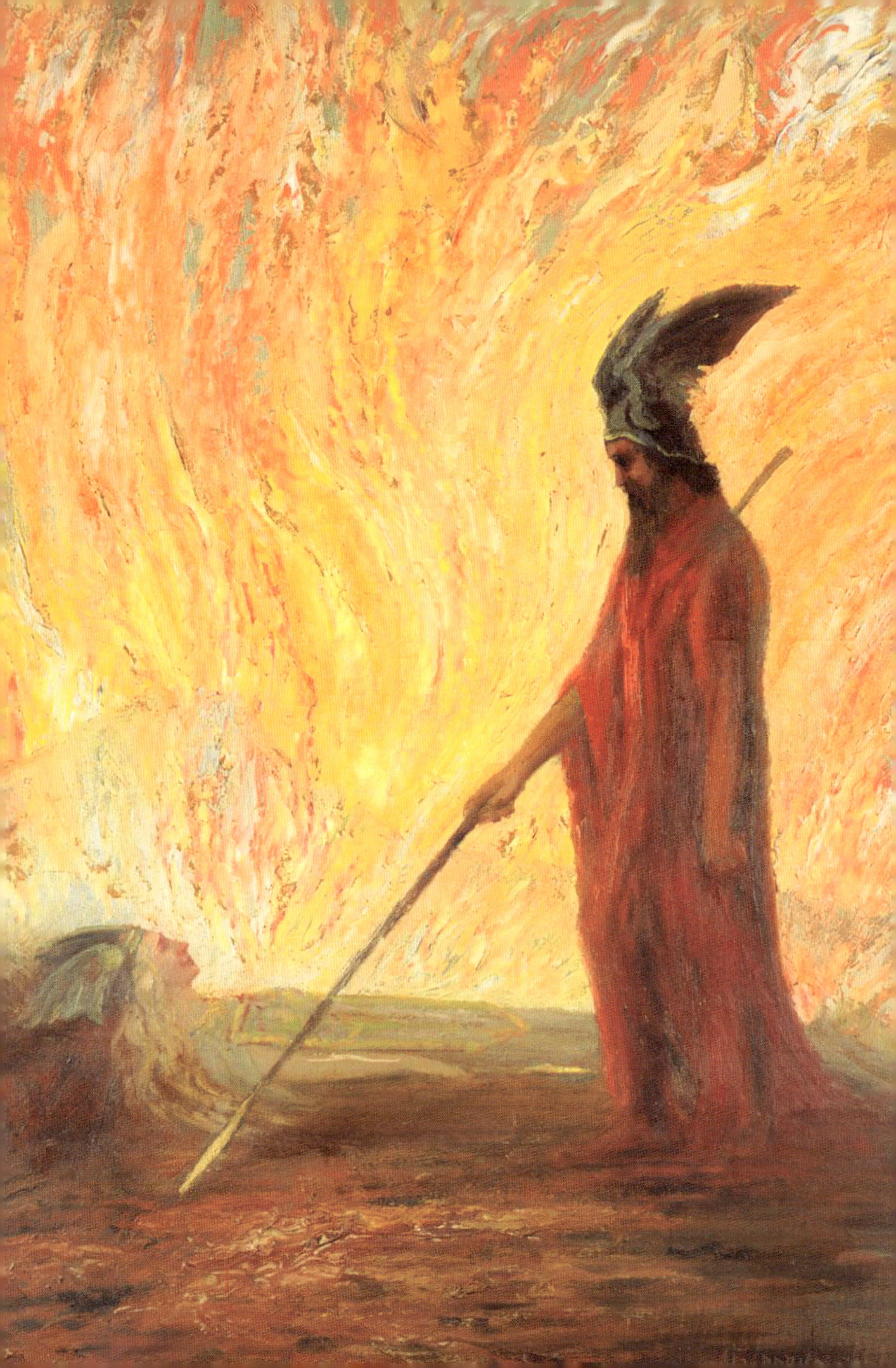

第二章

北欧诸神

北欧神话之所以独一无二，是因为两大神族（阿萨神族和华纳神族）共处一个万神殿。一些学者认为，这代表着两种对立宗教之间的冲突——也许不同的群体聚集在一起创造了原始北欧社会，或者是新来的人（和他们的神）战胜了斯堪的纳维亚宗教。

两大神族之间的冲突可能还意味着社会正向着更为军事化的方面转变，因为这两个神族本应是平等的，但掌管战争的阿萨神族似乎比掌管自然和生育的华纳神族在地位上更高一等。

还有其他迹象可能代表着早期宗教间的冲突。光明精灵约萨法尔有时被视为次要的神，他们曾经更强大，后来地位被神族取代了，不过显然没有发生太多冲突。再如约顿巨人从一开始就是阿萨神族的敌人。奥丁最早的行动就是用计谋杀死尤弥尔，以阻止更多约顿巨人的出生，因为他害怕巨人将会主宰宇宙。最终，两个霜巨人幸存了下来，并重新繁衍他们的种族，火巨人则并没有受到尤弥尔之死的影响。

因此，北欧神话中出现了两大紧密联系的神族，一个强大但对世界没有产生太大影响的超自然物种，还有两个各方面都像神却没有神的头衔的生物族群，他们是神族的死敌。此外，还有许多怪物和其他超自然生物或有神族血脉的生物，要么是神的后裔，要么是约顿巨人的后裔，要么是神与巨人相结合的后裔。

阿萨神族

在两大神族中，阿萨神族占有更为重要的地位。他们主要掌管

左页图 图中的奥丁手执他的魔法长矛贡尼尔。带翅膀的头盔出自后来艺术家们的矫揉造作，他们试图将北欧诸神浪漫化，就像他们对希腊罗马众神所做的一样。

下图 这是一尊独眼奥丁的青铜雕像，来自斯德哥尔摩国家历史博物馆。

战争且崇尚武德，也就是北欧社会的上层统治者兼保护者。"Aesir"一词的起源尚不明确，但它可能来自古日耳曼语，具有"自然力"或"事物自然秩序"的含义。阿萨男神被称为 Ass（复数 Aesir），阿萨女神被称为 Asynja（复数 Asynjur）。阿萨神族住在阿斯加德，传说，阿斯加德位于世界之树伊格德拉希尔的顶端。

可以说，阿萨神族在与华纳神族的"婚姻"关系中扮演的是丈夫的角色。在传统的北欧社会，女性不允许剪短发或穿男装，尤其不允许使用武器。另一方面，伤害女性也是被严禁的。而男性主外，负责在聚会上代表家人讲话，甚至在必要时诉诸武力，阿萨神族在某种程度上体现了这些角色功能。

奥丁

众神之父奥丁是阿萨神族的首领。作为一个非常复杂的人物，他的言谈举止更像是"乌塔加德"的化身，而不怎么符合一位创世者和立法者的身份特征。尽管他是众神的领袖，但他总喜欢为了他自己的事情到处游荡，通常是为了寻求智慧或是实现自己的某个目标。

奥丁在日耳曼语和盎格鲁-撒克逊语中被称为"沃登"或"沃坦"，他用自己的名字命名了星期三。奥丁是阿萨女神弗丽嘉的丈夫，与她生下了两个儿子巴德尔和霍德尔，他还有三个儿子，分别是托尔、海姆达尔和提尔。奥丁也是全人类的精神之父，正是他在杀死约顿巨人尤弥尔之后创造了第一批凡人。

奥丁是一个强大的战士，而且会魔法——这在北欧神话中通常被认为是"不够男人"。他的行为举止也飘忽不定，如果愿意，他可以是友好的伙伴；而在他被激怒或不高兴时，就会变成一个可怕的威胁。他经常被描绘成一个睿智而高贵的王，但事实上，他相当狡猾，甚至为达目的不惜背信弃义，他最早做的事情就是谋杀了熟睡中的约顿巨人尤弥尔。奥丁的自我牺牲——在寻找智慧时用长矛刺穿自己身体，并将自己挂在树上——并不是一种无私的行为，他选择受苦不过是为了获得力量罢了。后来，为了获得宝贵的知识，

他还牺牲了自己的一只眼睛。

奥丁常常让人联想到灵感和愤怒,他的表现更像一个伟大的疯子,而不像一位高贵的王,因此,他受到的是敬畏和尊敬,而非爱戴。奥丁尊敬那些极为优秀的人,提携过许多杰出的战士。但他并不关心广大的普通人,奇怪的是,他也帮助过许多放逐者和亡命之徒。他是众神的领袖,却喜欢帮助那些无视法律、目无法纪的人。这符合他自己狂野的本性,如果于他的目标有利,他就愿意置身于混乱之中。他也明白乌塔加德作为世界一部分的必要性。

左图 奥丁的自我牺牲并非是为了他人的利益,之所以用长矛刺穿自己的身体,并将自己挂在伊格德拉希尔树上九天九夜,只不过是为了达到自己的个人目的。一位如此严苛和自私的神几乎没有时间关照普通人。

下图 睿智的密米尔可能是教授奥丁诗歌之力的神秘舅舅。在他被斩首后，他的头颅依然活着，并在许多事情上为奥丁出谋划策。

奥丁也与诗歌有关，事实上，作诗就是他的说话方式。他掌管着"诗歌的灵酒"，那是他用诡计从巨人苏图恩那里偷来的。奥丁如果看中某人，就会让对方喝上一口"诗歌的灵酒"，从而使他们成为诗人或学者，并获得强大的雄辩之力。一些传奇故事中的英雄既是战士也是诗人，他们声称奥丁是他们的灵感之源。

奥丁的诗句中蕴含着有关多种主题的智慧，其中大部分都是关于如何过上体面的生活或如何避免被敌人打败。因此，奥丁的建议涉及方方面面，包括如何赢得朋友、如何取悦女性、如何在入室之前检查是否有伏击，等等。在他最重要的箴言中，有一首诗与北欧的"声誉"这一概念有关。奥丁指出，从本质上来说，所有的东西都会消失，财产也会变得毫无意义，但一个人的"声誉"，即别人对其行为的评价，将在其死后长存。北欧民族非常在乎自己的风评，无论生前的还是死后的。他们认为，短暂但非凡的一生远胜过漫长却平庸的几十年。

除了"诗歌的灵酒"，奥丁还有其他几样神奇的珍宝，智慧之神密米尔的头颅是其中之一。在阿萨神族和华纳神族的冲突中，密米尔被斩首。奥丁施下魔法后，密米尔的头不会腐烂，并能在奥丁向其征求意见时透露不为人知的秘密。奥丁还拥有一支名为贡尼尔

的魔法长矛，那是矮人用伊格德拉希尔树上的木头制成的，奥丁还用如尼文对其施魔法进行加持。

与如此伟大人物相称的是，奥丁身边的生物也有神奇的魔法。他的两只乌鸦尤金和穆宁被视为奥丁思想和欲望的化身。他的八足神马斯莱普尼尔被认为是世界上最好的马，其后代也成为许多英雄的坐骑。同样，女武神瓦尔基里既是独立的存在，也是奥丁某些方面的人格化。像奥丁一样，她们既能助人也能害人，她们把英雄的亡灵引领到英灵殿瓦尔霍尔，但有时也会给战斗中的战士们施加诅咒。

左图 奥丁的乌鸦既是独立的存在，也是他自己的分身。当两只乌鸦每天外出为他搜集消息时，奥丁确实担心它们会受到伤害。

奥丁的弟弟威利和维可能是奥丁某些个性的化身。

奥丁对英雄们的支持，就像他其他行为一样，并不是无私的。最优秀的亡灵被带到了瓦尔霍尔等待着"诸神的黄昏"的到来。这可以看作对英雄的奖励，但也是奥丁的私利所在——他准备了一支英雄大军，以协助自己进行最伟大的战斗。奥丁也与"狂野狩猎"紧密相关，在这种狩猎中，死者或超自然生物（或两者皆有）在天空中寻找猎物。人们普遍认为，这种狩猎的出现预示着灾难的来临。

奥丁的两个弟弟威利和维在他的人生中扮演了非常重要的角色，他们更可能是奥丁自己的分身，而不是其真正的兄弟，因为他们似乎更多地出现在奥丁不在的地方。有一个故事是，威利和维与奥丁并肩作战，杀死了巨人尤弥尔，并帮助他用尤弥尔的尸体创造了世界，然后便消失不见了。还有一个故事是，他们出现在奥丁遭遇阿斯加德众神放逐之际。奥丁在米德加德做了太多令人讨厌的事，众

右图 许多凡人英雄的坐骑都是由奥丁的神马斯莱普尼尔繁衍而来，能够沿着伊格德拉希尔的树干和枝条驰骋于九大世界之间。

神害怕人类会对他有意见，决定将他放逐十年。期间，威利和维与奥丁的妻子弗丽嘉同床共枕。这一个故事可以从字面上去理解，北欧诸神从不在意所谓的一夫一妻关系或绝对的忠诚，但这也可能是奥丁不时变换形象的隐喻。奥丁、威利和维分别代表他自身的三个特征：奥丁代表灵感或狂怒，威利代表意图或意志，维则代表神圣。因此，这个故事可能暗示着，阿斯加德的奥丁不再感到愤怒，从而使周围的一切都变得更加平静。

奥丁被从阿斯加德放逐表明，北欧人十分注重名誉和神与人的关系。如果事情不顺心，人类，无论男女，会威胁或诅咒他们的神，而神也会在意别人对自己的评价。

奥丁在北欧万神殿中扮演着多个不同的角色。他是众神之首，也是亡命之徒的庇护人；他是众神之父，也会施展通常只有女性才会的魔法；他掌管战争，但并不是"光荣的战士"，而是愤怒的杀戮者，他更关心的是亡灵而不是战斗。作为一个才华横溢的智者和伟大的诗人，他自私而热情，却不讲逻辑。如果要对奥丁的性格特征做个简单的概括，那就是，他是自我意志的化身，相信伟大的力量远凌驾于法律之上。

弗丽嘉

弗丽嘉是奥丁的妻子，精通强大的希德尔魔法，涉及决定命运，但弗丽嘉似乎没有把她预测的结果告诉别人。史料中很少提到她的活动，但她可能充当了奥丁顾问。这与前维京时代的记录类似：战争领袖的妻子通过预兆预言武力冲突的结果，有时还用她的魔法影响事态的发展。

弗丽嘉做过一件非常了不起的事情，虽然这件事情发生在另一个故事的背景之下，而且常常被掩盖，但论其规模，确实堪称史诗。由于担心儿子巴德尔的安全，她强令万物生灵立了一个誓言，保证绝不会伤害他。然而，她忽略了一个小东西——瓦尔霍尔宫门外一棵橡树上的寄生植物槲寄生，后来正是这个小东西导致了巴德尔的死亡。但无论如何，这是一件了不起的大事。

右图 弗丽嘉是一位强大的女神。她与丈夫奥丁之间的争吵有时会导致凡人外出冒险或给他们带来不幸。她的影响力十分强大,足以令万物生灵立下誓言,保证绝不会伤害她的儿子巴德尔。

　　弗丽嘉住在芬萨丽尔宫,也称"芬厅"。她掌管湿地和沼泽地,这可能与早期的宗教活动有关,比如在沼泽地献祭。在芬萨丽尔宫里,弗丽嘉接见了一个神秘的女人,女人说她注意到似乎没有什么东西能伤害到巴德尔。于是,弗丽嘉把万物生灵的誓言告诉了她,甚至告知了那个唯一的例外。这绝对是弗丽嘉的重大失误,因为女人是洛基假扮的,而他后来正是靠这一秘密策划谋杀了巴德尔。

　　在日耳曼地区,人们经常将弗丽嘉(Frigg)和美神弗蕾娅(Freya)混为一谈,因为两位女神的能力和名字几乎完全相同。而这并非巧合,因为两位女神都源自原北欧宗教中的同一位女神,她的名字叫弗里亚(Frija)。人们一致认为,"星期五"一词是由Frigg或Freya衍变而来,但弗里亚是弗丽嘉和弗蕾娅的原身,所以,弗里亚才更可能是星期五这个名称来源。

提尔

提尔是一个战神,他可能是原始众神的领袖,在前北欧宗教中的地位可能要比现在重要得多。到了维京时代,奥丁的光环使得提尔黯然失色。这并不意味着我们能找到讲述奥丁如何借助诡计和魔法篡夺提尔权力的故事,尽管这样的故事肯定很精彩!相反,这只意味着在维京时代之前,提尔曾被奉为北欧最伟大的神,后来奥丁取而代之,成了最受尊敬的神。关于神的传说实际上是有关现实的反映,所以在维京时代的故事中,奥丁曾经是并一直是世界的创造者和众神的领袖,但是,提尔在某一个时期的故事中充当过类似的角色,也不是完全没有可能的。

提尔用他的名字命名了"星期二"。罗马观察家将他和马尔斯联系在了一起。然而,这只是局外人的观点,因为提尔就是提尔,绝不是马尔斯,尽管他们有很多共同点。提尔擅长挑起战争,但只会通过暴力来结束战争,所以他不是和平的缔造者。他非常勇敢,以品行端正而闻名,但也会在必要时设置骗局。他似乎把追求共同利益置于绝对诚实的要求之上,但这也仅是在危急之时。

下图 性格直率、值得尊敬的战神提尔,非常适合领导一支战队,但缺乏国王所应具备的狡猾。有证据表明,奥丁取代他成为众神的领袖。

众神想要捆绑魔狼芬里尔,但他们不能强行使用武力,而必须说服芬里尔同意。众神与魔狼打了一个赌,这在北欧神话中并不罕见。事情大概是这样的:芬里尔确信没有任何东西能绑住自己,而诸神则打赌说他们已经找到了可以绑住它的东西。芬里尔要求众神承诺,如果他们成功地绑住了它,之后必须松开它,只有这样它才会同意众神的要求。为了保证众神会信守承诺,必须让一位神把手放在芬里尔嘴里,如果众神不守信,魔狼就会咬掉那只手。

提尔当然知道接下来会发生的事情——芬里尔必定会被出卖,而他也必将失去自己的一只手。但他依然把手放到狼的嘴里,以此让芬里尔放心。当众神拒绝解开对芬里尔的束缚时,提尔失去了他的一只手,这是在一段时间内摆脱宇宙间一个毁灭性怪物的代价。

参与欺骗芬里尔这样的举止似乎有点不符合提尔作为品格高尚

右图 在许多文化中,毁容或身体有部分残缺的人不适合担任统治者。失去了一只手的提尔显然也失去了领导众神的资格。

的战士和立法者的名声。然而，北欧人对待"因纳加德"和"乌塔加德"的态度以及他们对待自己人和外人的做法可以很好地解释提尔的这种行为。针对自己人的所作所为（例如蓄奴或伤害妇女）不能接受，在针对外人的突袭或战争中是可以接受的。也许同样的概念也适用于法律和誓言，它们只与自己人有关，而针对外界做出的承诺则无须受到约束。

有些人可能会认为提尔参与欺骗芬里尔是一次公平的交易，因为他们的交易是：如果众神不给魔狼松绑，魔狼就会咬掉神的一只手，而提尔付出的正是事先商定的代价。如果这笔交易不合芬里尔之意，它一开始就不会与众神达成协议。这也可能是因为作为守护者，提尔愿意采取必要的措施来保护他的子民，即使这意味着背叛芬里尔这个来自乌塔加德的外人。换言之，他的职责是保护他的子民免遭魔狼的袭击，而他的所作所为正是为了实现这一目标所采取的手段。对于一位像提尔这样尊贵和勇敢的神来说，他已经别无选择，因为他首先要对自己人忠诚。

有人认为这个故事解释了提尔不如奥丁的地方。提尔是一位直率而诚实的神，代表了那些在人口较少时能成为杰出领袖的人。像提尔这样的人可以经营农庄或有效地管理某个小型定居点。但随着社会的发展，很多决定并非简单的非黑即白。有时候，更需要的是狡猾——王者的骗术，而不是头脑简单者的诚实。奥丁取代提尔成为众神领袖可能是对北欧社会性质变化的一种隐喻，提尔失去一只手也象征着他自身力量的衰退。

托尔

托尔是奥丁的儿子，是与大地密切相关的约顿巨人。他的母亲可能是大地女神娇德，也有资料显示她叫费奥琴。无论如何，托尔的母亲是约顿巨人，而他的父亲奥丁一半是阿萨神族，一半是约顿巨人，因此托尔比一般的神更为高大，但他是阿斯加德和米德加德坚定而忠诚的守护者，是阿萨神族中首屈一指的战神。"星期四"一词即源于他的名字。

四肢发达、头脑简单的托尔

托尔是一个伟大的战士,但不是一位伟大的思想家。他的冒险故事中多次提到他上当受骗的事。有一次,他不仅没有认出那个陌生人就是他的父亲奥丁,还花了相当长的时间与之相互威胁、吹嘘和辱骂。遇到问题时,托尔通常直接上前用手中的锤子把敌人砸个粉碎。战斗是他的主要天赋,他也能指挥风暴和闪电。

托尔拥有好几件珍宝,其中最著名的是神锤妙尔尼尔。尽管托尔力大无穷,但也只有在系上能给他增添力量的魔法腰带并戴上他的魔法手套之时才能挥动妙尔尼尔。托尔的妙尔尼尔虽然是一件神通广大的强大武器,但也成了重大场合的标志物,常用来祝福婚礼、新生和其他重要活动。雷神之锤几乎成了北欧宗教的一个标志性象征,甚至在基督教盛行很久之后,依然被人当作吉祥物佩戴。

右图 托尔手持神锤妙尔尼尔,他的手上并没有魔法手套,腰间也没有增加力量的佩带。近年来对雷神这个角色的重新塑造表明:只有能够统治阿斯加德的神才能挥动雷神之锤。但在最初的版本中,妙尔尼尔实在是太沉、太沉了。

托尔还拥有一辆由山羊拉着的魔法战车，尽管他并不经常驾车四处走动。一些资料表明，众神生活在米德加德，每天乘车经彩虹桥到达阿斯加德，但只有托尔徒步走另一条路到达阿斯加德。这样一来，他每天都需要涉水淌过数条沸腾的河流，但其原因尚不清楚。拉车的山羊也可以杀来吃掉，然后在需要拉车的时候复活过来。托尔和他的妻子希芙带着他们的孩子们住在阿斯加德。他的宫殿名叫比斯基尼尔，意思是"闪电"。这座宫殿有时被认为是世界上最宏伟的建筑，这可能反映了这样一个事实：在维京时代之后，托尔的地位甚至开始超越奥丁。定居冰岛的人最崇拜的就是托尔。

> 正如提尔在奥丁的光环下黯然失色一样，托尔也逐渐掩盖了他父亲的光芒。

托尔和他的妻子希芙生有一个女儿，名叫斯露德。有个女武神也叫斯露德，但不清楚这是托尔的女儿还是同名的另一个人。托尔还与女巨人雅恩莎撒生有两个儿子：一个名叫曼尼，另一个名叫莫迪。托尔在"诸神的黄昏"中战死之后，他的儿子们继承了雷神之锤，并作为幸存者在后来创造的新世界中占有了一席之地。

托尔的主要职责是掌管战争，也兼管农作物的收成。农民们向他祈求雨水，就像战士们在战场上祈求胜利一样。相较于他那精英主义至上的父亲奥丁而言，托尔更为平易近人，因为他是与子民命运休戚与共的神，而不是凌驾于子民之上的神。因此，奥丁选择最优秀的战士却几乎不关心广大的普通子民，而托尔则经常被视为普通战士和农民的保护神。

希芙

希芙是托尔的妻子，关于她的记录相对较少。她可能是大地的化身，因为天空之神和大地之神的配对在日耳曼神话和其他类似的神话中很常见，而希芙的金色头发可能是关于麦田的隐喻。骗子洛基剪掉了希芙的金发，为此差点丢了性命。然而，这件令人不快的事却有个几乎让每个人都感到满意的结果——希芙收到了矮人做的新头发，众神收到了其他宝物，其中就包括神锤妙尔尼尔。

巴德尔

巴德尔是奥丁和弗丽嘉的儿子，深受世间生灵的喜爱。巴德尔英俊威严，容光焕发，被他母亲视若珍宝。因此，当他为有关死亡的噩梦深感困扰时，弗丽嘉四处奔走，强令宇宙中的一切生灵立誓绝不伤害她的爱子。

巴德尔经常被描绘成一位天真无邪、与世无争的神。他总是一副和蔼可亲的样子，但这可能是后来基督教影响的结果，因为最初几个版本的北欧神话中有几处提到过他好战的本性。巴德尔不会受到任何东西的伤害，这让他在战斗中获得了某种优势。这对别人来说似乎是不公平的，而他也毫不犹豫地利用了这一优势。他还参与了一个（也许是愚蠢的）游戏。在这个游戏中，巴德尔允许其他神向他投掷武器和他们能找到的任何东西。正是这种炫耀般的逞强导致了巴德尔被害。

有一样东西没有发誓不伤害巴德尔，那就是一株橡树上的寄生植物槲寄生。这是一种弱小柔嫩且明显无害的东西。但它没有宣誓，因此能够伤害巴德尔。一般来说，这不是什么大问题，因为一株槲

右图 巴德尔和他的妻子南娜。巴德尔深受世间万物的喜爱，但显然不包括洛基。即使那株槲寄生也无意伤害他，只是没有人要求它发誓不伤害巴德尔。

寄生的危害是非常有限的。然而，洛基用他最卑鄙的伎俩，将槲寄生做了一支长矛，并把它送给巴德尔的盲人兄弟霍德尔。霍德尔在游戏中向巴德尔投掷了这支长矛，杀死了自己的亲兄弟。

这个故事还有另一个版本：霍德尔和巴德尔都是战争领袖，都钟爱着女神南娜。因为巴德尔刀枪不入，霍德尔长途跋涉前往地下世界，找到了击败巴德尔的力量，并给了他致命的伤害。在这两个故事中，有人立即击倒了霍德尔，以报复他对巴德尔的伤害。

巴德尔的死在很多方面具有重要意义。传统的"维京人葬礼"中，将死者放到船上，放火点燃，之后将其掩埋，或者推向大海，这正是奥丁为死去的儿子所主持的悼念仪式。随葬品放在巴德尔身旁的柴堆上，这同样体现了用物品陪葬的习俗。

洛基在谋杀巴德尔过程中所起的作用，只是他最残忍的伎俩的一半，另一半被他用来强力阻止巴德尔复活。巴德尔如此受人喜爱，以至于当众神要求死亡女神海拉把他从她的王国中释放出来时，她同意了，条件是世间万物都必须为巴德尔哭泣。除了一个叫索克的女巨人，每个人都这么做了。由于条件没有得到满足，海拉拒绝释

下图 在关于这个故事的一些版本中，巴德尔死于暗箭，而不是标枪或长矛。但事情的大概经过就是洛基欺骗霍德尔使用槲寄生制成的武器，甚至替他将武器瞄准了巴德尔。

放巴德尔。

也有人说索克是乔装打扮的洛基。众神非常愤怒，他们残酷地惩罚了洛基，把他锁在一个山洞里，还让毒蛇的毒液滴落到他身上，让他忍受焚灼之苦。这种折磨使洛基从一个惹是生非的骗子变成了对众神充满仇恨的敌人，并最终导致他在"诸神的黄昏"时率领约顿巨人对抗阿斯加德。巴德尔在"诸神的黄昏"后复活了，把他的美丽和威严带到了后来创造的新世界。

海姆达尔

海姆达尔也是奥丁的儿子，但他为什么会有九个母亲尚不清楚。他一度被认为是人类创造者和北欧社会等级结构（主要由领袖、战士和农民组成）建立者，尽管在流传至今的大多数北欧神话中，这些事情都是奥丁做的。

海姆达尔是一个勇敢而忠诚的战士。他的任务是守卫彩虹桥比尔鲁斯特并等待约顿巨人的到来。他的感官非常敏锐，眼睛能看到

右图 对古代诸神的描述随着社会的发展而变化着。此图中所展示的海姆达尔的形象反映了该图创作时的时代特征，与彩虹桥守护者的原始形象大相径庭。

一百六十公里远，耳朵能听到比尔鲁斯特大桥尽头小草生长时发出的声音。有可能他是通过牺牲某些东西才获得这个能力的，就像奥丁在密米尔井里失去一只眼睛而获得智慧那样，因为有资料提到海姆达尔的某些东西被埋葬或掩藏在伊格德拉希尔下面，可能是一只耳朵或其他精神层面的东西。不管怎样，海姆达尔有着极其敏锐的感知能力。

海姆达尔是洛基的敌人——洛基狡猾的天性与这位坚定的守护者格格不入。在"诸神的黄昏"，当洛基率领的约顿巨人接近阿斯加德时，海姆达尔发出警告，吹响了"加拉尔"（一种也可以用来喝酒的战号）号角以召唤众神出战。然后，他和洛基展开了一场恶斗，最后同归于尽。

下图 众神不是不朽的，而是依靠伊敦恩女神提供的魔法水果永葆青春。认为这些水果是"苹果"的想法是后来经过扭曲后导致的，从参考文献来看，伊敦恩所提供的水果有很多种。

伊敦恩和布拉吉

伊敦恩是阿萨神族中最重要的女神之一，负责照料使众神保持青春活力的果实。与许多神话不同，北欧宗教没有不朽的神。众神

的寿命很长，但若没有伊敦恩的"苹果"，他们就会衰老和死亡。尽管很多资料把伊敦恩照料的果实说成是"苹果"，但这可能不是最初的意思，因为"苹果"这个词是后来经过扭曲后产生的结果。伊敦恩照料了很多种神奇的水果，然后将水果分发给众神。

伊敦恩的水果对诸神的福祉和最终的生存至关重要。当伊敦恩被约顿巨人夏基掳走时，众神曾一度失去魔法。这虽然是夏基耍的一个把戏，但若没有洛基的头脑发热和反复无常，这样的把戏不可能得逞。与其他神同行时，洛基遇到了一只鹰。这只鹰施展魔法使洛基怎么也烤不熟自己的晚餐——他在荒凉的土地上发现的一头野牛。老鹰答应洛基，如果能分给它一份食物，它就不再捣蛋。但这只老鹰随后抢走了牛身上所有最好的肉。这种一边倒的交易本是洛基一贯擅长的，他愤怒地发现自己被骗了，于是抓起一根树枝去攻

右图 化为巨鹰的约顿巨人夏基设法抓住了洛基并强迫其帮助他掳去了女神伊敦恩和她的魔法水果。

击老鹰。老鹰抓住树枝，带着洛基一起飞到了天上。老鹰随后告诉洛基，他实际上是约顿巨人夏基，如果洛基不发誓把伊敦恩女神和她的魔法水果交给他，就把洛基丢下去摔死。洛基发了誓，并决定不管出于什么原因，信守这个誓言比维护他自己和其他神祇的不朽更为重要。

洛基回到阿斯加德，说服伊敦恩女神和他一起去看看那些让他觉得比她的水果还要美妙的水果，结果她被再次化身为鹰的巨人夏基抓走了，众神很快就感受到衰老的影响。他们正确地推断出洛基是这次事件的罪魁祸首，并责令他做出补偿，否则就把他杀死。

洛基从弗蕾娅那里借了一套魔法羽衣，飞到夏基在约顿海姆的住处。他趁着夏基不在，把伊敦恩变成一个坚果，然后带着她飞走了。夏基追了上去。当洛基越过阿斯加德的城墙时，众神点燃了大

伊敦恩被绑架是众神所面临的最严重的威胁。没有了伊敦恩，众神将会变老死去。

左图 伊敦恩和她的丈夫布拉吉都位列最重要的神祇，但只出现在极少数故事中。伊敦恩使众神永葆青春，布拉吉则是凡间诗人和游吟诗人的守护神。

第二章
北欧诸神

059

火，把紧追在后的巨人夏基烧成了灰烬。如果不是众神点燃的这场大火，夏基可能就抓住了洛基。伊敦恩归来后，众神又得到了她的苹果，恢复了年轻，洛基也免于一死。

伊敦恩嫁给了布拉吉——一位伟大的游吟诗人，善于使用如尼文。有的故事模糊地提到过伊敦恩与谋杀她哥哥的凶手睡在了一起，但这一指控来自洛基，而且他既没有事件的细节，也没有提供关于该女神兄弟的任何信息。因此，凶手到底是布拉吉还是与伊敦恩有私情的其他神，目前尚无定论。

布拉吉是人间游吟诗人和学者的守护神，也可能是一位在后来的故事中被赋予了神的地位的凡间游吟诗人。布拉吉并没有在诸神的传说中扮演重要的角色，但在社会中拥有举足轻重的地位，在这个社会中，神和人的事迹是不朽和地位的一种象征。

其他阿萨神灵

北欧传说中还会时不时地出现一些其他神灵。这些神很多时候会出现在某个单独的场合，有时只是某个神灵冒险或旅行中的同伴，

右图 奥丁之子维达尔为父报仇，他打开了芬里尔的下颚，并将剑刺入这头巨兽的心脏。维达尔在其他故事中没有出现过。

其中就包括巴德尔的复仇者瓦利。瓦利也是奥丁的儿子，霍德尔被骗杀死巴德尔时，他就在现场，并旋即杀了霍德尔，然后就消失不见了，在"诸神的黄昏"时再次出现。他在"诸神的黄昏"中的所作所为并无详细记载，但他被列为幸存者之一。

奥丁还有一个儿子名叫维达尔，也被称为"沉默之神"，直到奥丁在"诸神的黄昏"被魔狼芬里尔杀死时，他才在故事中出现。维达尔是诸神中神力仅次于托尔的神灵，他用脚强行打开了芬里尔的下颚——他有一双专门为这一特殊目的而设计的魔法鞋，并杀死了这头恶狼。

阿萨神族还有一位名叫福塞蒂的神，住在一座金碧辉煌的宫殿里，是诸神的法律代言人。他作为神界法官和仲裁者的角色与冰岛传统社会中的法律代言人角色相呼应，但只有极少的资料偶尔提到过他。冰岛政治家和历史学家斯诺里·斯图鲁松在他的作品中写道，福塞蒂是巴德尔和南娜的儿子。但这可能是斯图鲁松杜撰的，因为史料中并没有这样的说法。

斯诺里·斯图鲁松还讲述了赫尔莫德在巴德尔被杀之后的旅程。人们对这个故事的出处表示了怀疑，但斯图鲁松有可能接触过后来已经丢失的资料。赫尔莫德是一个战神，他骑着奥丁的八足神马斯莱普尼尔前往海姆冥界，希望能够拯救巴德尔。

另一位偶然出场的神是汉尼尔。在某些故事中，他经常与洛基同行，但其本性难以界定。他是给人类始祖阿斯克和埃姆布拉赠送礼物的众神之一，送的礼物是奥德（指狂喜、狂乱或灵感）。但在故事《诗歌的灵酒》中，人类是从奥丁那里获得的这份礼物。汉尼尔确实平安地度过了"诸神的黄昏"。

在阿萨神族和华纳神族之间的冲突中，汉尼尔扮演了一个重要的角色——作为人质被送到了华纳神族。在这里，他就像个英俊的傻瓜，过分依赖他的顾问密米尔。尽管汉尼尔被华纳神族任命为酋长，但若没有密米尔的建议，他便无法做出任何有用的决定。华纳神族对此感到非常愤怒，于是砍掉了密米尔的脑袋。

与汉尼尔和奥丁一起给阿斯克和埃姆布拉赠送礼物的第三位神

上图　乌勒尔是一个伟大的猎人，擅长使用滑雪板和雪靴，但世人对他知之甚少。他可能是一位早期的北欧神灵，但到了"维京时代"，他已不再受世人的膜拜。

男性神灵娶约顿女巨人为妻很常见，但女性神灵嫁给约顿巨人为妻则罕见得多。

叫洛杜尔。除了知道奥丁是"洛杜尔的朋友"外，人们对洛杜尔知之甚少。但据记载，他送给阿斯克和埃姆布拉的礼物是漂亮的外表和一种叫作"拉"（通常被认为是"温暖"）的东西，但这个词在其他地方并没有出现过。一种可能的解释是，血液赋予生命以温暖。

还有一位名叫乌勒尔的神，似乎曾经很有权势。作为将其从困境中解救出来的回报，奥丁曾得到过乌勒尔的祝福。然而，关于乌勒的情况却鲜有记载。我们只知道他是希芙的儿子，是一位伟大的弓箭手和猎人，他总是脚穿雪靴、踩着滑雪板在山里打猎。游吟诗人曾用"乌勒尔之船"这个比喻的复合词（一种北欧诗歌中的文字游戏）来指代盾牌，但其含义现在已不复存在。乌勒尔似乎是斯堪的纳维亚早期的神，也仿佛非常强大，但随着时间的推移，他渐渐被人们所遗忘，成了一位默默无闻的神。

下图 葛冯能把她的四个儿子变成牛来帮她拉犁耕地，正如古鲁菲国王付出巨大代价后发现的那样，作为巨人和女性神灵的孩子，他们是强大的劳动者。

还有葛冯，她是掌管农业的女神之一，与一位约顿巨人生了四个儿子。这种情况是非同寻常的，因为男性神灵会娶约顿女巨人为妻，但女性神灵嫁给约顿巨人为妻则可能不被他人所接受，至少在

某些传说中的情况是这样的。然而，据记载，葛冯用魔法把她的四个儿子变成了牛，从而得到了很多好处。瑞典国王古鲁菲承诺，葛冯可以得到这四头牛一天之内耕出的全部土地。结果，她那四个拥有超自然能力的儿子在一天之内耕出的土地，圈成了一座巨大的岛屿——今天丹麦的西兰岛。毫无疑问，看到这样的结果时，这位国王肯定肠子都悔青了。

华纳神族

在与阿萨神族的"婚姻"关系中，华纳神族本应与之地位平等，但却常常处于从属地位，或担任辅助者角色。华纳神族与自然、繁育和魔法相关，因此，与阿萨神族相比，华纳神族的处境往往更加微妙。他们的家在华纳海姆，具体位置可能在伊格德拉希尔上层靠近阿斯加德的地方。而且，华纳神族本身是否存在尚存异议，因为原始资料中很少提及这个神族，华纳神族的存在很可能是后人揣测的。

虽存有过度泛化的嫌疑，但华纳神族似乎扮演着北欧传统家庭中"妻子"的角色——女性能够拥有属于自己的财产，经济独立，但普遍都会与男性结合。夫妻在家庭中的分工十分明确，作为"一家之主"的丈夫，代表全家在聚会上发言（甚至在必要时进行战斗），妻子则负责保持家庭的正常运转。据记载，丈夫全权负责家庭的外部事务，妻子则负责家庭的内部事务。既然男人必须住在家里，那么谁才是在传统北欧婚姻中真正的主人，这个问题还有待商榷。对于阿萨神族如何施展以及在何处施展他们强大的力量，华纳神族也可能产生过重大影响。

尼奥尔德与尼瑞斯

尼奥尔德是弗蕾娅和弗雷尔的父亲，但没人知道他们的母亲是谁。尼奥尔德是最重要的华纳神之一。当阿萨神族与华纳神族的战争结束时，他被当作人质交换到了阿萨神族。像许多华纳神族的成员一样，尼奥尔德也是丰饶之神，同时还是海神和财神。

右图 尼奥尔德通过捕鱼和海上贸易获得，与海洋资源有关，他是弗蕾娅和弗雷尔的父亲，也可能是女神尼瑞斯的孪生兄弟。

尼奥尔德娶了夏基的女儿——女巨人斯卡迪，以平定对方的复仇之心。

在传说中，尼奥尔德的事迹很少被提及。似乎他最初在北欧万神殿中非常重要，但后来被其他神超越了。他确实在某个故事中扮演过举足轻重的角色。在这个故事中，他娶了约顿女巨人斯卡迪，是迫不得已才这么做的。斯卡迪是巨人夏基的女儿。夏基曾设计掳走了女神伊敦恩和她的魔法水果，也因此丢了性命，斯卡迪想要为父亲报仇。

斯卡迪是一个令人生畏的人，以擅长打猎而闻名。她采取了直接的方法为父报仇。她来到众神面前，告诉他们，她要为父亲报仇。这场复仇可能需要花费漫长的时间，因为夏基是被好几个神联手谋杀的。不知出于什么原因，众神决定不对她使用武力，而是与她讲和。奥丁把夏基的双眼抛上天空，将其化作天上的星星。然后，众神试图逗笑斯卡迪。如果他们做不到这一点，就不会有和平。然而，无论众神如何努力，却无法逗笑斯卡迪，让她放弃复仇。最终，洛基以一种奇特的方式成功逗笑了斯卡迪。他把自己的睾丸绑在一只山羊身上，并用力拉扯。他痛苦的尖叫声——这毫无疑问其实是受惊的山羊的叫声——最终让斯卡迪笑了起来。

最后，斯卡迪提出一个要求，她要自己选择一位神并与之喜结连理。男性神灵娶约顿女巨人的事情并不罕见，但让约顿女巨人选择自己的伴侣却是非同寻常的。于是，众神提出条件：斯卡迪只能根据对方的腿和脚来选定自己的丈夫。她最终选中了尼奥尔德，但她其实是误把尼奥尔德当成了巴德尔。

众神为斯卡迪和尼奥尔德举行了一场盛大的婚礼。然后，夫妻二人前往斯卡迪在山中的家里。但是，尼奥尔德讨厌那里，因为他觉得那里的群山又冷又凄凉。所以九个晚上之后，这对夫妇搬到了尼奥尔德在海边的家。但斯卡迪又不喜欢那里，因为她讨厌海边的喧闹。于是，斯卡迪抛下新婚丈夫独自回家了，但她不再试图复仇（这大概是她与众神之间达成的协议）。

下图 斯卡迪和尼奥尔德的婚姻充满坎坷，由于他们的性格截然不同，这场婚姻并没有维持多久。他们友好分手了，之后斯卡迪放下了对阿斯加德的敌意。

女神尼瑞斯似乎是尼奥尔德的女性分身。有语言学证据表明，这两个神要么是同一个神的男性和女性分身，要么是一对夫妻。据某些资料推测，尼瑞斯是弗雷尔和弗蕾娅的母亲，也是尼奥尔德的孪生妹妹。尼瑞斯象征着富足。她和她的祭司们经常坐着牛拉的战车从一个定居点到另一个定居点，她的战车停在哪里，哪里就是盛世和平。

弗蕾娅

弗蕾娅是尼奥尔德的女儿，但人们经常把她和奥丁的妻子弗丽嘉混为一谈。这在很大程度上是因为两位女神在日耳曼神话中原本是同一位女神，他们名字和身份虽然不同，但却极为相似，所以容易被混为一谈。弗蕾娅嫁给了一个名叫奥德的神，他拥有与奥丁相同的能力，他们本质上也是同一个神。

弗蕾娅出身华纳神族，但在阿萨神族与华纳神族战争后加入了阿萨神族。她是爱与生育之神。她被指控与所有的神和精灵有染。但这份指控来自洛基，很有可能是子虚乌有，不过，鉴于弗蕾娅的性格特点，这项指控又有一定的可信度。更何况，北欧诸神并不以

上图 尼瑞斯的牧师们坐着战车从一个定居点转到另一个定居点。这是一种巡回式的宗教节日形式。他们每到一个地方，当地都会举行宴会，交战双方也会停战，以此祈愿好运和丰收。

左图 弗蕾娅是爱神和繁育之神,但也掌管着一半被选中参加"诸神的黄昏"的亡灵战士。洛基指控她不守妇道,这种指控可能有一定的事实依据。

忠贞著称,即使那些与爱情和生育无关的神亦是如此。

弗蕾娅在北欧万神殿中有两个重要的职能。她掌管福克温格,相当于奥丁的英灵殿瓦尔霍尔。战死沙场的伟大战士中有一半都在此地度过了他们的来世,另一半则由奥丁统治。不过,从许多资料的叙述来看,福克温格和瓦尔霍尔似乎就是同一个地方。

弗蕾娅还练习了希德尔魔法,那是一种主要与占卜和操纵命运有关的魔法。她被认为是第一个精通这种魔法并将之传授给凡人的神灵。

弗雷尔

弗雷尔是尼奥尔德的儿子,弗蕾娅的哥哥。和弗蕾娅一样,弗雷尔也在与华纳神族的冲突结束后被送到了阿萨神族。他是丰饶之神,与繁荣、丰收和家庭密切相关,经常被当作婚礼和其他欢庆场合的献祭对象。他有时候被称为"没人讨厌的神",显然集万千宠爱于一身——他的伴侣中有女性神灵也有女巨人,有人说甚至还包括他的妹妹弗蕾娅。

弗雷尔大多时候既不住在阿萨神族的领地,也不在华纳神族的

上图 弗雷尔可能是阿尔夫海姆的统治者,尽管没有人清楚他与住在那里的光明精灵之间是什么关系。他命中注定要在"诸神的黄昏"中死于火巨人首领苏尔特之手,但在临死之前也把剑插入了苏尔特的脸。

领地,他的家在阿尔夫海姆。而且,有证据表明,他是阿尔夫海姆的统治者。这究竟是怎么回事呢?而他与住在阿尔夫海姆的光明精灵又是什么关系?这些问题都无从回答。弗雷尔天性和蔼可亲,却是一位技艺高超的战士。他命中注定要与火巨人苏尔特战斗,最终与之同归于尽。

像许多神一样,弗雷尔也有一些魔法珍宝,包括一艘可以折叠起来装在袋子里的灵船斯基布拉尼尔,以及一辆由巨大野猪拉动的战车。野猪是一种与他有着密切联系的动物，许多献祭给他的祭祀品都被做成了野猪的模样。

洛基

在北欧神话中，洛基是一个特别的存在。他是约顿巨人，却是奥丁的结拜兄弟。因此，他虽然是阿萨神族的一员，却始终是一个局外人。对众神而言，他既有一定价值，也是一种负担。他的父亲是约顿巨人法尔巴蒂，母亲劳菲也经常被认为是约顿巨人。不过，现有资料无法证明这是否属实。

因为洛基不像其他神灵那样处处受约束，所以他经常是唯一一个能帮助众神摆脱困境的人，但他也给众神制造了许多棘手的麻烦。例如，洛基引发一连串的事件，并因此导致伊敦恩遭到巨人夏基的绑架。事实上，洛基既促成了这次绑架，又反过来为自己的生存争取了机会。因为最终把伊敦恩救出来，并导致夏基死亡的，正是洛基。

北欧诸神中，只有洛基随着时间的推移改变了本性。其他神都具有多面性，但自始至终保持着自己的本性。即使是奥丁，虽然狡猾，但也仍然忠于自己的本性。洛基原是一个顽皮而不负责任的骗

下图 图中是一副具有代表性的洛基雕刻。尽管洛基生性喜欢惹是生非，但有时却是无价之宝，并陪伴众神参加了许多冒险活动。然而，他给众神造成的诸多麻烦丝毫不少于为他们解决的问题。

子，后来却变成了一个一心复仇的敌人，并带领约顿巨人袭击了阿斯加德。但在他早期的冒险故事里，洛基时常陪同其他诸神外出冒险。

他惹了很多麻烦，但也以其独特的方式解决了许多麻烦。他的所作所为往往是不负责任的或是毫无意义的恶作剧，但他也不会做什么太过分的事情。作为阿萨神族的一员，他对阿萨神族忠心耿耿，尽管他任性且心性不定。

然而后来，洛基的恶作剧变得越来越恶劣。洛基借他人之手杀害了巴德尔，这可以说是一个极为邪恶的恶作剧。被巴德尔的无坚不摧逗乐的众神，开心地跟他做着游戏——把各种各样的武器扔到他身上。在洛基看来，巴德尔的死是众神造成的，因为他只是用万物生灵中唯一能伤害到巴德尔的东西制造了一件武器，并把这件武器交给了唯一一个无法识别真相的神（瞎子霍德尔）罢了。

导致巴德尔死亡的恶作剧的确太过分，但也仍然只是一个恶作剧。然而，洛基接下来所做的事便完全是恶意的。如果洛基不插手，巴德尔可能已经从海拉的冥域回来了。女神海拉已经同意，如果世间万物生灵都为巴德尔哭泣，那么他将获得自由。唯一拒绝哭泣的生物，正是伪装的洛基，这样一来巴德尔永远不得复活。这也意味

洛基是邪恶的化身吗？

用宗教意义上的"邪恶"来看待洛基是不恰当的。他的行为有时是恶意的，而且常常损害他人的福祉，但洛基并不是为了做坏事而"作恶"。他是个骗子，一个不能完全融入社会的局外人，在这方面他是一个以自我为中心的人。从他自己的角度来看，他的行为是有意义的，正如奥丁或海姆达尔的行为从他们自身的角度看也是有意义的。

北欧诸神的神话并不是善良的神战胜邪恶的叛徒洛基，情况远比这复杂得多。我们最好把这些神话看作一个因世仇而分裂的家庭的故事，其中涉及许多议程，而每个神都根据自己的本性行事。有时候，让洛基为了他们的利益而背叛某人是符合众神目标的，当然，他并不是唯一一个与其他神灵发生冲突的人。可以说，阿萨神族在交换人质时的确欺骗了华纳神族，作为回应，华纳神族用斩首的方式谋杀了密米尔。这些都不能被视为善行，哪怕做出这些事情的都是传说中所谓的英雄。

着，甚至连约顿巨人也愿意为巴德尔哭泣，只有洛基不愿意。显然，他已自成一派。

众神无法接受这样的背叛，便对洛基实施了残酷的惩罚。他被锁在一个山洞里，毒蛇的毒液不断滴在他的脸上，灼烧着他。他的妻子西格恩试图用碗接住毒液来保护他。但她需要不时地把碗里的毒液倒空，这时的洛基便得不到保护。据说，被毒液灼烧的时候，他痛得浑身颤抖——有人认为这便是地震的原因。他最终从山洞里逃了出来，等待"诸神的黄昏"时再前来复仇，他和海姆达尔将互相残杀，同归于尽。

上图 洛基的妻子西格恩似乎是一个与洛基截然相反的角色，即使在她的丈夫背叛众神、谋杀了巴德尔之后，她仍对他忠心耿耿。西格恩试图不让毒液滴到洛基脸上，以此来减轻洛基的痛苦。

人们对洛基的妻子西格恩知之甚少，只知道她对丈夫十分忠诚，长年独自一人在山洞里陪着他，试图保护他免受惩罚。她可能和洛基生育了一些怪物孩子，其中包括巨蛇耶梦加德和魔狼芬里尔。

洛基也有几个正常的孩子，比如，被众神变成狼的瓦利（令人困惑的是，这并不是为巴德尔报仇的那个瓦利）和女神海拉。洛基也是奥丁的神马斯莱普尼尔的母亲（这是另一个复杂的故事）。

洛基在北欧神话中具有十分重要的作用。他虽然是阿萨神族中的一员，却始终是个外人，他可以屈从于法律和誓言，也可以无视法律和誓言，以便帮助众神摆脱困境。他解决了很多问题，但那些问题往往也是他造成的。他是与众神战斗的许多怪物的源头，但也帮助众神得到了许多魔法宝藏。他给诸神制造了不少敌人，也为他们提供了打败敌人的手段。最终，他成了众神难以对付的敌人。这也为北欧诸神的故事提供了一种合适的结局。如果没有洛基，就无法完成创造、生命和毁灭的循环，众神也会因为缺乏适当的挑战使实力遭到削弱。

> 如果没有洛基，就无法完成创造、生命和毁灭的循环。

众神之间的战争与"诗歌的灵酒"

阿萨神族与华纳神族原本是两个独立存在的神族，彼此之间并无矛盾冲突。但后来，由于许多自私的阿萨神灵，情况发生了改变。自称海德的弗蕾娅来到了阿斯加德，主动提出用自己的魔法为阿斯加德效劳，这在四处奔波的希德尔魔法练习者中是很常见的。

弗蕾娅按对方的要求施展魔法，受到这种魔法诱惑的阿萨众神想用这种全新的力量满足自己的私欲，但这是对他们高尚品格和虔诚本性的背叛。于是，怨恨情绪开始在阿萨众神之间蔓延。阿萨神族没有为自己的软弱自责，反而认定那是弗蕾娅的过错，并决心杀死她。事实证明，杀死弗蕾娅绝非易事，因为弗蕾娅三次被烧死，又三次复活。

阿萨神族对待本族女神的这种做法激怒了华纳神族，紧张局势不断升级，最终导致两个神族之间的战争。好战的阿萨神族的强大力量遭遇了华纳神族的魔法力量，华纳神族同样骁勇善战，成功把阿斯加德的城墙夷为平地。但是，双方最终都厌倦了战斗。

有人提出一个解决办法，那就是双方之间互换人质。尼奥尔德、弗蕾娅和弗雷尔被派到了阿萨神族，尽管事实上正是弗蕾娅待在阿萨神族时引发了这场冲突。不过，这样的安排最终似乎奏效了，因为阿萨神族对几个人质很好，并把他们当作自己的家人一样看待。

英俊的汉尼尔和聪明的密米尔被送到了华纳神族。这似乎也是一笔不错的交易。很快，华纳神族不再把汉尼尔当作人质，提升他为酋长。汉尼尔总是做出出色的决定，起初每个人都很高兴。可是，华纳众神后来注意到，汉尼尔所做的一切决定都是听从了密米尔的建议。当密米尔为其出谋划策时，汉尼尔就能做出明智的决定；而当紧张局势升级，密米尔再也无法为其提供任何建议时，汉尼尔做出的决定竟导致了双方之间的战争。

华纳神族被激怒了，他们认为自己被阿萨神族蒙骗。有了弗蕾娅的先例，他们决定用一场相当"精彩"的谋杀来展示自己的愤怒。他们割下密米尔的头颅，并将其送回阿萨神族。奥丁设法用草药和符咒把密米尔的头颅完好地保存下来，从此以后，密米尔就成了奥丁的顾问。另一方面，汉尼尔没有遭受惩罚，继续与华纳神族生活在一起。

紧张局势不断升级，最终导致了阿萨神族与华纳神族之间的战争。

尽管华纳神族采取了这种相当极端的外交抗议方式，但战争并没有重演。相反，两大神族达成了新的协议。阿萨神族在谈判中表现极好，基本上成了这场神族联盟中的高级合伙人。这项协议以众神往容器中吐口水这一传统方式确定下来，这些唾液生成了一个全新的生命，叫作克瓦希尔。尽管他是唾液制成的，但他名字的意思是"发酵的浆果汁"，是万物中最聪明的存在。

克瓦希尔来到这个世界，是为了把智慧传授给任何需要的人。他来到矮人费雅勒和加拉尔的家中，这两个矮人谋杀了克瓦希尔，还用他的血做成了蜂蜜酒。蕴含着克瓦希尔无上智慧的蜂蜜酒就是"诗歌的灵酒"，无论是谁，只要喝一口灵酒就会变聪明，成为学者或游吟诗人。

显然，灵酒并没有使矮人变聪明。尽管他们声称，克瓦希尔的

上图 阿萨神族与华纳神族之间的战争造成的破坏实在是太大了，甚至连好战的阿萨众神也厌倦了战争。达成的和平解决方案更有利于阿萨神族，而不利于本应与之平等的华纳神族。

大智慧不知怎么地把他自己噎死了，从而躲过了一时的惩罚，但他们还是因为连续杀人而引起人们的注意。起初，他们为了制作灵酒而淹死了约顿巨人吉灵，然后，他们又谋杀了吉灵的妻子，因为她悲伤的声音令他们很恼火。他们拿起一块磨石作为武器，砸在这位约顿女巨人的头上。

吉灵的儿子——巨人苏图恩推断出是矮人谋杀了他的父母，便

左图 20世纪早期插画版的北欧故事塑造了现代人对阿斯加德诸神的认知。19世纪的北欧人对诸神的想象可能与此大相径庭。

去找他们。不过，当矮人把他们酿制的三大桶蜂蜜酒递给他时，他听从了劝阻，把蜂蜜酒交给了女儿冈洛德保管。

听说灵酒的事情之后，奥丁决心要获得灵酒的智慧。要想免费得到灵酒是不可能的，于是奥丁采取了欺骗手段，他决定求助于苏图恩的哥哥包吉。他先是欺骗了包吉的九个仆人，使他们用镰刀互相残杀，死于非命，然后向包吉自荐说自己是个临时工，一个人可以干九个人的活。包吉突然发现自己需要这样一个人，便雇用了伪装的奥丁。奥丁也兑现了自己的诺言，一个人干完了九个人的活。

然后，包吉不得不按照他们事先的约定帮助奥丁获得蜂蜜酒。他把奥丁带去了离苏图恩住所最近的地方，并在山腰上为他钻了一

右图 这是一幅中世纪的画。图中显示：包吉在山坡上钻了一个洞，然后奥丁经这个洞钻进了苏图恩的住所，那里藏着"诗歌的灵酒"。当然，包吉的着装显得十分不合时宜。

个洞。奥丁化为一条蛇从洞口溜了进去，然后又变成一个年轻人。他以这副模样勾引了冈洛德，和她睡了三个晚上。作为回报，他每晚可以喝一口蜂蜜酒。结果，奥丁三口就喝光了三大桶蜂蜜酒。

随后，奥丁化为老鹰逃跑了。尽管苏图恩也化为老鹰紧追不舍，奥丁还是设法回到了阿斯加德。然后，奥丁把蜂蜜酒吐出来装到一个新的容器里。不过，在他逃跑期间，一些酒从他嘴里滴下来落到米德加德，由此激发了凡间诗人和学者的灵感。因此，米德加德的吟唱诗人、游吟诗人和法律宣讲者都可以追溯到两大神族之间的神秘冲突。

诸神的宝物

北欧诸神的大部分宝物都源自洛基的恶作剧。换言之，每做一件激怒同伴的事情之后，洛基都会为诸神寻得一些宝物，以此保住自己的性命。大部分宝物的由来都与洛基剪掉了托尔妻子希芙的美丽金发这件事有关。目前尚不清楚他为什么要这么做，也不清楚他想要如何逃脱惩罚，但洛基从来都是个做事不顾后果的人。

托尔很爱吹牛，不时惹洛基心烦。洛基可能是在希芙睡觉的时候剪掉了她的头发，以此诋毁托尔，因为托尔总是吹嘘他妻子的头发有多漂亮。不管出于什么原因，当托尔看到妻子的光头时，他自然是非常生气的，并发誓要报仇。

洛基此时面临两种选择：要么找到可以替代希芙头发的东西，要么被砸成肉酱。洛基去了矮人生活的尼达威阿尔，也可能是思华特海姆，因为这两个名字在某些版本的故事中经常交换使用。他说服了伊瓦底的两个儿子帮助他。

伊瓦底的儿子们创造了一种神奇的金色头发，只要希芙戴上它，头发就会自然地在她头上生长。此外，他们还制造了云船斯基布拉尼尔。该船不仅可以同时运送所有的神灵，还可以折叠起来放在口袋里带走。这艘船将会被交给弗雷尔，而他们为奥丁制作的宝物则是永不失手的永恒之矛贡尼尔。洛基被深深地震撼了，宣称这两个矮人是最聪明的工匠。不管洛基是故意当着其他矮人工匠的面这么说的，还是仅仅想拿接下来发生的事情做文章，矮人勃洛克和艾提里（在某些版本中被称为辛德里）兄弟确实偷听到了他的话。兄弟俩反驳了这一说法，并说他们可以做出三件更好的东西。于是双方同意打赌，输的一方将失去项上人头。

艾提里走进他的工匠铺开始干活，勃洛克则不停地拉风箱。洛基当然会试图搞破坏——他把自己化成一只苍蝇，对勃洛克又叮又咬。尽管如此，勃洛克仍然一丝不苟地拉着风箱。最终，艾提里造出了两件无与伦比的宝物，那就是送给弗雷尔的金鬃野猪古林·波斯帝和送给奥丁的魔法臂环德罗普尼尔——这个聚宝环每隔八个晚上就将复制出八个一模一样的臂环。

> 洛基剪掉了希芙的头发后，托尔发誓要报复洛基。

洛基此时面临赌输的危险，也就是说面临着丢掉脑袋的危险，便加倍努力地想要分散勃洛克的注意力。他刺伤了勃洛克的眼睛，迫使对方因为擦拭流出的鲜血而停了一会儿风箱。如此一来，艾提里的工作便出了差错。两位矮人之前一直在制作的宝物就是要送给托尔的神锤妙尔尼尔。因此，这把神锤虽然仍具有神奇的魔力，但手柄却比预期的要短得多。

两个矮人和洛基一起去往阿斯加德，把礼物呈送众神。众神认为勃洛克和艾提里制作的宝物确实胜过了伊瓦底的儿子们所制造的

右图 矮人工匠能够制造出各种各样的魔法宝物，所以，当洛基需要东西用来替代希芙的金色头发时，他去找了矮人工匠。诸神从这次恶作剧中获益颇多，还得到了其他几样魔法宝藏。

珍宝。于是，赌赢了的勃洛克有权砍掉洛基的头。托尔抓住了逃命的洛基，并将其遣返，等候正义的裁决。即使到了这个时候，洛基仍然设法逃脱杀头的命运。他狡辩道，虽然他用自己的头打赌，但勃洛克没有资格砍断他的脖子，所以不能割下他的头。众神对此表示同意。但勃洛克反驳说，如果洛基的头是他的，他至少可以把他的嘴缝上。他的确这么做了，然后离开了阿斯加德。

> 洛基通过改变下赌注时的说法，再次躲开了被杀头的命运。

奥丁的宝物

根据某些版本的北欧传说，当洛基去找东西替代希芙的头发时，他专门拜托矮人为自己制作了长矛贡尼尔。但其他版本的说法是：长矛早已制作好，是洛基要来额外送给诸神的礼物。不管怎样，贡尼尔——意思是"一击必中"——据说是用世界之树伊格德拉希尔上的梣木制作而成的。奥丁把如尼文刻在长矛柄上，再对其施以魔法。

贡尼尔制作精良，即使是在不太熟练的使用者手中也能命中目标。这可能是奥丁在阿萨神族和华纳神族战争开始时扔出的那支长矛，但也可能不是，因为据记载，这支长矛并没有击中任何人，只是从华纳神族军队的上空飞了过去。这种做法后来成为一个传统：在战斗开始时投出长矛，以预判战斗能否顺利进行。

奥丁的魔法臂环德罗普尼尔也是由矮人制作的，这个臂环每隔八个晚上就会自动复制出八个一模一样的臂环。在巴德尔的葬礼上，奥丁把这件珍贵的宝物放到他身上。这一做法反映了古北欧人用物品陪葬的习俗。

托尔的宝物

神锤妙尔尼尔（意为"闪电"）尽管有它的缺陷——手柄过短，却成了雷神的象征。这种缺陷反而成了一种优势——托尔一只手就可以挥动它，并将其隐藏在身边。这把神锤只要投出去，一定会命中目标，而且无论多远都能自动飞回来。在一些版本的托尔冒险故事中，妙尔尼尔即使在击中敌人后落到地上也会神奇地回到托尔

右图 护身符和其他锤形物品象征着托尔，也象征着北欧宗教。甚至在基督教传入后，许多北欧人依然佩戴着锤子十字架护身符。

手中，而且只要投出妙尔尼尔，托尔就能跟在后面飞起来。相关的细节往往相当模糊，毕竟这算不上什么体面的事，不值得进行详细描述。

挥舞妙尔尼尔需要巨大的力量，即便是托尔，也需要戴上铁制护手贾特格里普，并系上一条能给他增加力量的魔法腰带梅金约德，才能挥动它。有了这些助力之后，托尔可以用锤子摧毁任何东西，尽管他的冒险故事中也有失败的例子。

托尔还有一辆由两只山羊拉着的神奇战车。这两只名为坦格里斯尼和坦格乔斯特的山羊每晚都可以杀来吃掉。只要夜晚用羊皮将骨头盖好，次日羊就会复活。有一次，托尔用山羊喂饱了自己和热情好客的农夫一家之后，其中一只羊的腿被弄瘸了。那天晚上，农夫家还饿着肚子的那个人敲断了一只山羊的一根腿骨吸吮骨髓，从而把那只山羊永久地弄瘸了。作为惩罚，托尔把肇事者和他的妹妹收为了自己的仆人。

弗蕾娅的宝物

女神弗蕾娅用一辆由猫拉着的战车——这些猫通常被描绘成灰色或黑色。有人认为,这巧妙地映射了弗蕾娅的巨大影响力,因为无论是谁,任何一个能让猫朝同一方向走足够长的时间并拉动战车的人都是令人佩服的!不过,弗蕾娅还有其他的交通工具。

弗蕾娅有时也会骑着她的魔法野猪希尔迪斯维尼。据说这头野猪是她的人类情人伪装的。她还拥有一件猎鹰羽毛做成的斗篷,无论是谁穿上这件斗篷都可以在九大世界里飞行,弗蕾娅曾多次将这件斗篷借给别的神灵。

弗蕾娅最珍贵的宝物,当然是引起最大麻烦的项链布里希嘉曼。有一天,她碰巧在一个山洞里看到四个矮人工匠在制作项链,喜欢漂亮东西的弗蕾娅自然想要这条漂亮的项链,就开口索要。她起初

左图 弗蕾娅可以乘战车出行,也可以骑魔法野猪出行。她似乎多次把她的猎鹰羽毛斗篷借给其他的神,而不是自己使用。根据某些传说,这件斗篷能帮助众神迅速到达其他世界。

北欧神话图鉴

提出用黄金交换，但被矮人们拒绝了。矮人们提议，如果弗蕾娅和他们每个人睡觉，就同意把项链给她。弗蕾娅照做了，看见了这件事情的洛基立刻去找奥丁，告诉了他弗蕾娅正在干的事情。

奥丁很生气，尽管他娶的是弗丽嘉而非弗蕾娅（这似乎是北欧神话中弗丽嘉和弗蕾娅被混为一谈的几个场合之一）。奥丁派洛基去从弗蕾娅那里把项链拿来。洛基趁弗蕾娅睡着时拿走了项链，但没有给奥丁。弗蕾娅心急如焚地向奥丁求助，想要找回她珍贵的项链。此时的奥丁对洛基和弗蕾娅都很生气。他告诉弗蕾娅，如果她在米德尔加德发动战争，就答应她的条件。

弗蕾娅做到了。于是，奥丁立即派向来讨厌洛基的海姆达尔去追回已经变成海豹的洛基。海姆达尔也变成了一只海豹，并打败了洛基。海姆达尔把洛基和项链一起带回了阿斯加德。

左页图 弗蕾娅的项链布里希嘉曼似乎给相关各方都带来了无尽的麻烦。值得注意的是，当化身海豹的洛基带着这条项链逃跑时，奉奥丁之命前去追回他的，正是他未来的敌人海姆达尔。

其他宝物

彩虹桥比尔鲁斯特的守护者海姆达尔有一只名叫加拉尔的号角，还有一把名为霍夫德的宝剑。与海姆达尔战斗至死的洛基有一把名为雷万汀的剑。"雷万汀"可能是一个比喻复合词，仅仅用来表示"剑"的意思。然而在各种传说中，其他武器也有叫雷万汀的。在萨迦传说中，凡人也持有许多魔法宝剑。一些版本的传说甚至将凡人所持武器与神灵所持的武器相提并论。

北欧神话中还有其他一些类似的宝物。除了臂环德拉普尼尔之外，还有一个能自我复制的金戒指安德华拉诺特，不同于德拉普尼尔，这是一枚受到了诅咒的戒指。它最初归矮人安德瓦利所有，但被洛基骗走了。于是，安德瓦利对戒指施加了诅咒，以示报复。洛基随后将戒指给了别人，从而造成混乱。矮人法夫纳为了得到戒指谋杀了自己的父亲（矮人国王赫瑞德玛），随后变成了一条龙来守护着戒指。虽然名字不同，安德华拉诺特实际上就是瓦格纳的《尼伯龙根的指环》中的那枚戒指。

有些魔法物品与其说是宝物，不如说是解决问题的利器。魔法绳格列普尼尔就是如此。众神决定要把可怕的魔狼芬里尔捆绑起来，

北欧的文字游戏

北欧神话中许多令人困惑的地方都源自"比喻复合词"的使用。这些丰富多彩的词语或短语，常常被用来代替简单的词语。虽然确实增加了故事的戏剧性和文学性，但比喻复合词也可能会产生语义上的混淆。

有些比喻复合词较为直截了当，比如，用"海上骏马"表示船；有些则不然，例如，如果一个人是"黄金做的敌人"，说明这个人为人慷慨或不贪婪；还有些则完全令人摸不着头脑，例如，格雷普原本是某个女性约顿巨人的名字，但在夏基绑架伊敦恩的故事中被比喻复合词描述成了格雷普某个追求者的儿子。这可以被认为是他与格雷普有亲属关系。但也可能不是这样，因为这更可能是一个复杂的比喻复合词，其中的格雷普可以用来指代任何约顿女巨人，使得"格雷普的追求者"成了一个非特定的男性约顿巨人。因此，这个比喻复合词只想用迂回的方式说明，夏基是一个约顿巨人，仅此而已。

这种文学上的混淆造成了理解上的混乱。所以，很难界定一个故事的主角是谁或主题是什么，例如，我们很难弄清楚某个英雄或神是不是真的有一把名为本格雷费尔（意为"伤口"）的剑，或者只是用这个比喻复合词表示他有一把"剑"。

但普通锁链都绑不住它。于是，他们让矮人工匠用神秘的材料制作了一条魔法绳。这些材料包括猫的脚步声、人的胡须、山的根、熊的筋、鸟的唾沫和鱼的呼吸。这样做成的魔法绳格列普尼尔（意为"欺骗者"）可以绑住世间一切人和物，并将芬里尔捆到了最后。当"诸神的黄昏"临近时，芬里尔挣脱束缚，逃了出去，找那些将它捆住的众神复仇。

其他许多魔法"宝物"实际上是活物或某个生物的残存部分。例如，为奥丁提供建议的密米尔的头颅，为瓦尔霍尔大厅的战士们提供食物的神秘动物以及伊格德拉希尔树根旁那口因树上滴落的水珠而永不枯竭的魔法水井。这些生物和生灵所提供的益处与诸神使用的任何一件无生命的物品一样伟大，因而也可以被视为北欧神话世界中的魔法珍宝。

右页图 瓦格纳创作的《尼伯龙根的指环》中的水怪并非来自北欧神话，但却因该歌剧而与北欧神话产生了一定的联系。这种水怪实际上源自日耳曼神话，如尼伯龙根神话。

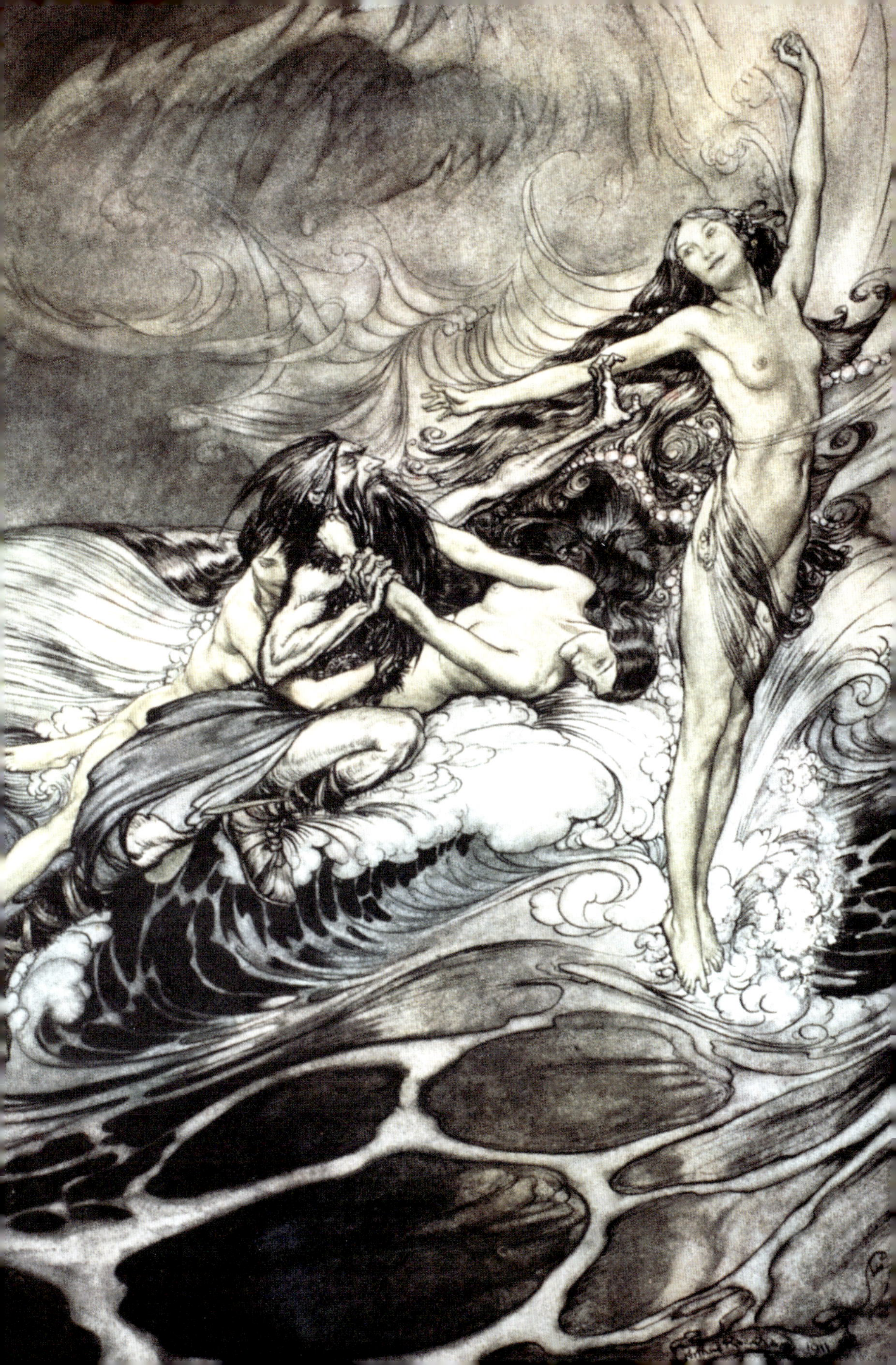

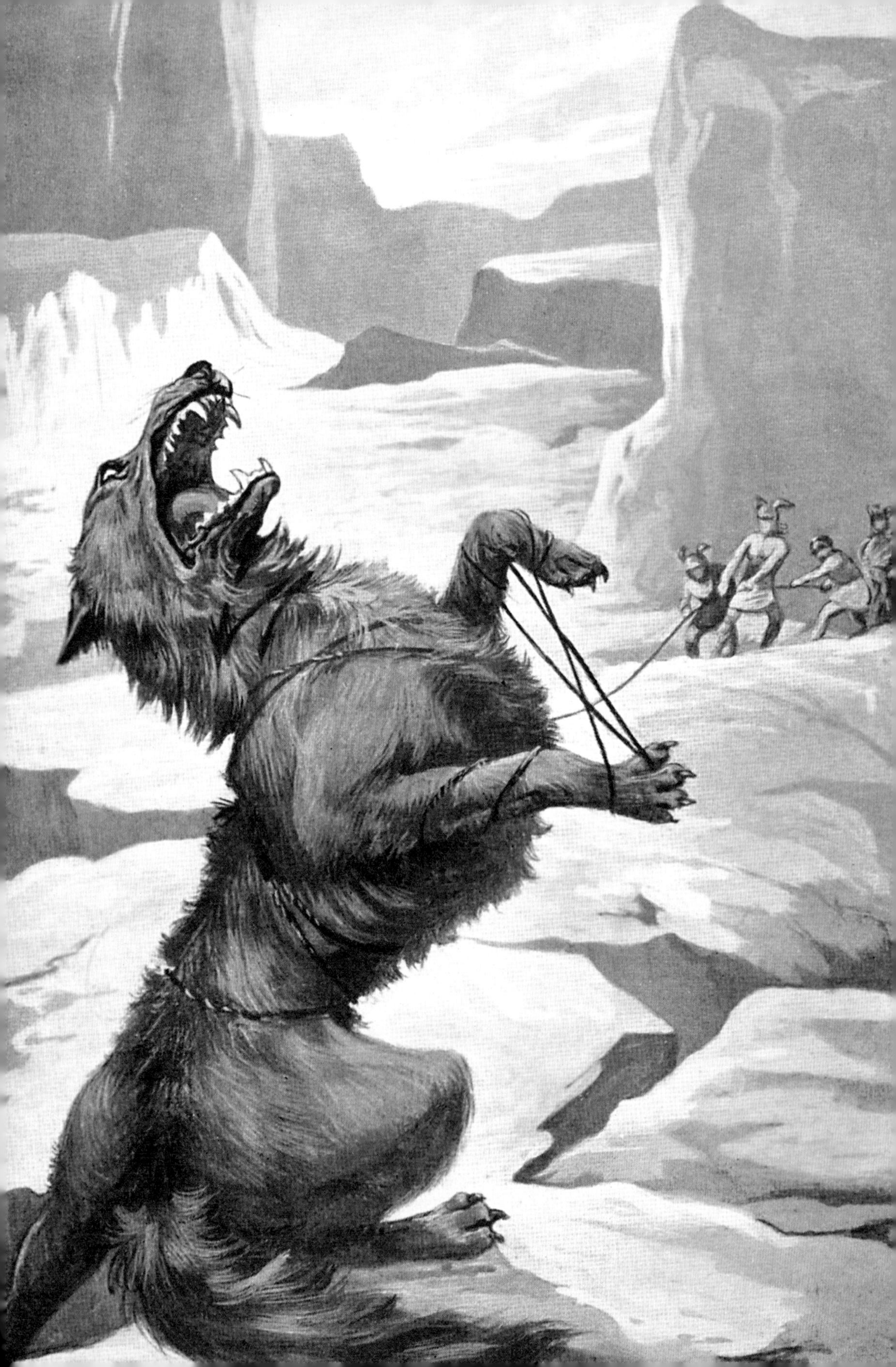

第三章

约顿巨人

北欧神话中除了凡人和诸神之外，还有其他许多生物，怪物、自然的化身、强大的超自然生物，有的——如约顿巨人——与诸神非常相似，甚至可以与诸神生儿育女。事实上，许多神的双亲中至少有一方是约顿巨人。但是，成为神灵或巨人，不在于其血统，而在于其社会关系。

不论何种出身，只要能成为阿萨神族或华纳神族的成员就可称为神。因此，尽管洛基的双亲都是约顿巨人，他也因与奥丁结拜兄弟而变成了神。有争议的是，杀死巴德尔后，他被监禁在洞穴中，此后他又变成了约顿巨人。不过，虽然洛基通常被当作神，但其他一些扮演过与神有关的角色的巨人仍被称为约顿巨人。

巨人往往与自然世界和自然力量有关，而不是与人有关。例如，与海洋有关的澜和埃吉尔被称作约顿巨人，但掌管航海（即人类在海上的活动）的尼奥尔德却是华纳神族的一员。由此可见，约顿巨人代表了自然世界，而神则与人们在世界上所从事的活动有关。人们普遍认为，约顿巨人是导致大自然遭到破坏的罪魁祸首——强风、浓雾和其他困境都是约顿巨人的错，他们打个喷嚏都可能会引发地震。

约顿巨人

虽然Jotunn（复数为Jotnar）通常被诠释为"巨人"，但这个词的意思更接近于"吞食者"。这就意味着，这类生物不但有害，而且具有破坏性。然而，巨人似乎能和神族和平共处，至少没有记

左页图 魔狼芬里尔是洛基和约顿女巨人安格尔伯达的孩子。芬里尔是如此强大和凶残，以至于众神认为有必要用格列普尼尔魔法绳来捆绑它。

右图 在瓦格纳创作的《尼伯龙根的指环》中，法夫纳和法索尔特两个巨人就黄金分割问题以及那枚被诅咒的戒指的归属问题争吵不休。结果，法索尔特死于棍棒之下，法夫纳被变成了守卫宝藏的一条龙。

录表明他们与阿萨神族或华纳神族之间发生过冲突。有些巨人与神族相处甚欢，甚至可以与神族联姻，并和他们生下孩子。

霜巨人和火巨人与冰和火有关。霜巨人起源于尼福尔海姆，但后来有许多霜巨人住到了约顿海姆。尽管霜巨人通常与冰、寒冷和偏远地方这类词联系在一起，有些霜巨人却似乎生活在更宜人的土地上。火巨人住在穆斯贝尔海姆，有时被称为穆斯佩尔梅吉，或穆斯贝尔海姆之子。

不同类型的约顿巨人在外表上差别很大。有些约顿巨人英俊帅气，足以令众神对其倾慕不已，甚至娶其为妻（或者，在极少数情况下，嫁其为夫）；有些约顿巨人体形庞大或长相畸形；还有一些简直就是彻头彻尾的魔怪，像巨蛇耶梦加德，与外表正常的约顿巨人，比如澜或苏尔特之间毫无相似之处。约顿巨人的起源和本性虽然相似，都属于一个神秘的群体，但他们不是传统意义上的家族或种族。

不同类型的约顿巨人

不同类型的约顿巨人之间的区别有时模糊，有时清晰。我们通常并不清楚在某一篇文章中所提到的巨人到底是什么类型，但这并不重要。与其简单地根据起源来区分火巨人和霜巨人，不如根据他们与诸神的关系及他们出现在哪些故事中来进行区分。在某些情况下，他们的本性决定了这些互动的形式。例如，被认为是火巨人的约顿巨人似乎总是对众神构成威胁。

在后来的北欧神话中，"巨魔"常常被用来指代约顿巨人，而盎格鲁—撒克逊的故事中则出现了"Etin"一词。这两个词语不一样，一部分原因在于北欧神话被英国化了，另一部分原因在于"Etin"是在北欧宗教被基督教信仰取代几个世纪后才出现的。

右图 "巨魔"一词最初是用来形容约顿巨人的。随着基督教的到来，传说中的巨魔逐渐以自己的身份出现，这些巨魔往往是一些强大而愚蠢的生物。

下图　神奇的魔法奶牛奥德姆拉为巨人始祖尤弥尔提供乳汁，自己则靠舔食冰层得以生存。当冰被舔掉时，布里出现了。布里是阿萨神族的始祖。

原始巨人

有些约顿巨人只在创世故事中出现过，并且大都在奥丁兄弟与原始巨人尤弥尔的战斗之中或之后被杀了。

尤弥尔

尤弥尔是第一个约顿巨人。事实上，尤弥尔可能是最早的生物，尽管关于火巨人苏尔特的故事似乎暗示苏尔特早在尤弥尔之前就已存在。尤弥尔是金伦加鸿沟中冰与火相遇的产物，那里的魔力和能量蕴含着一切可能。尤弥尔繁育了大量约顿巨人。不过在奥丁和他的弟弟杀死了尤弥尔并用他的尸体创造了世界之后，尤弥尔的后代大都惨遭屠戮。幸存下来的约顿女巨人有些成了第一代神的妻子，但阿萨神族本就是在尤弥尔的奶牛奥德姆拉舔食冰盐的过程中诞生的。从尤弥尔尸体中爬出来的蛆虫则化成了第一代矮人。世界上的

树木是用尤弥尔的肉身和毛发创造而成的，然后众神又用树木创造了人类，因此可以说尤弥尔也是人类的远祖。

贝斯特拉和她的哥哥

约顿女巨人贝斯特拉是约顿巨人博尔颂的女儿，而博尔颂是尤弥尔最早的后代之一。贝斯特拉嫁给了阿萨神族始祖布里的儿子，这对夫妇生了三个儿子，即奥丁、威利和维。贝斯特拉有个哥哥，他只在一个故事中出现过，但这个故事没有提到他叫什么名字，这个无名无姓的舅舅教给奥丁九首魔法歌曲——北欧传统社会中，教年轻人如何使用武器的往往是他的舅舅或父亲的朋友。魔法通常被

上图 大部分约顿巨人似乎都能愉快地享受阳光，并生活在大地上。然而，有些巨人却有着矮人的特点：一暴露在阳光下就会变成石头。

认为是女性的专长，但舅舅作为家庭教师的角色肯定符合传统价值观。有人说，这个神秘的舅舅可能是密米尔。密米尔有时被称为神，有时又被称为约顿巨人。如果奥丁的舅舅真的是密米尔，那么密米尔就是约顿巨人，是通过收养关系成为阿萨神族的一员，后来又作为人质被交换到了华纳神族，在那里惨遭杀害。对奥丁来说，收到密米尔的头颅是一件痛苦的事，不过华纳神族与阿萨神族之间的战火并没有因此被重新点燃。

布里梅尔和他的妻子

布里梅尔是斯雷德盖米尔的儿子，斯雷德盖米尔是一个名叫奥格尔米尔的约顿巨人的儿子，而奥格尔米尔似乎是尤弥尔的另一个名字，因此，布里梅尔就成了最早的约顿巨人之一。他和妻子都在尤弥尔被杀后的血潮中幸存下来。关于这件事的始末，各版本的故事众说纷纭。

在一些版本的故事中，布里梅尔是一个成年巨人，在另一些版本中却是一个小孩子。他逃跑时乘坐的运输工具则被说成是摇篮、挖空的木头、盒子或箱子。显然，熟悉基督教大洪水故事的编年史作者扭曲了布里梅尔和他妻子的故事，试图把布里梅尔变成诺亚那样的人物，而原本的故事可能完全不是那样的。

尽管如此，在那场淹死了其他所有赫林特苏撒人（即霜巨人）的洪水中，布里梅尔和他的妻子也被冲到了很远的地方。到达新的家园之后，他们养育了新一代约顿巨人。至于斯雷德盖米尔，他很可能是尤弥尔的腿（或者是脚，这点有不同的故事版本）相互交配后生出来的。尤弥尔被杀时血流成河，斯雷德盖米尔也被血水淹死了。

火巨人

几乎很少有巨人被认定为埃尔约顿巨人（即火巨人）。这可能意味着，众神所遇到的大多数巨人都是最初那个霜巨人的后代。火巨人潜伏在穆斯贝尔海姆，伺机出征以毁灭世界。在此之前，他们很少与诸神接触。

也可能是有一些火巨人迁移到了约顿海姆，火巨人和霜巨人之间的区别就不再重要了。住在阿斯加德的巨人埃吉尔与众神关系极好，某些资料甚至提到，埃吉尔是火巨人弗恩霍特的儿子。如果是这样的话，火巨人并不总是对众神满怀敌意，就像许多霜巨人愿意与众神保持友好关系或至少保持中立一样。

苏尔特

苏尔特是穆斯贝尔海姆之王，也是火巨人的领袖。他的名字通常被解释为"黑色"的意思，以契合他烧得漆黑的外表。没有人清楚苏尔特的具体来历，因为穆斯贝尔海姆是宇宙中的第一块陆地——比尼福尔海姆出现得还要早，而苏尔特可能一直就住在那

> 穆斯贝尔海姆是约顿巨人——又称火巨人——的家园。火巨人对神族满怀敌意，并密谋将其毁灭。

左图 火巨人苏尔特在"诸神的黄昏"点燃了世界，并最终导致了世界的毁灭。值得注意的是，他攻击的是掌握繁育与生命的弗雷尔，而不是众神的首领奥丁。

里。尤弥尔的孩子们一出现，苏尔特和火巨人就与他们交往了，但这点有其他不同的、模糊的故事版本。

据说，非本地人无法进入穆斯贝尔海姆，但苏尔特仍然守卫着边界，以防有人入侵，直到"诸神的黄昏"的到来。他手持燃烧的火剑，杀死了弗雷尔，放火烧了阿斯加德，甚至点燃了伊格德拉希尔。最终烧毁这个世界并将之彻底毁灭的，正是苏尔特点燃的大火。

有人认为，穆斯贝尔海姆是因为苏尔特才成为一片火海的——他用他的烈焰剑把这里变成了一片火海。这也表明，苏尔特甚至比尤弥尔出生得更早、活得更久，因为他出现在宇宙初始和结束之时，可谓与天地齐寿。这毫不奇怪，因为他与火山有关。冰岛时常喷发的火山和滚滚浓烟一直令古北欧人想起苏尔特的力量。苏尔特的影响力仍然存在——1963年至1967年期间，因为火山喷发，一个新的岛屿在冰岛浮出海面，而这个岛屿自然而然地被命名为苏尔特岛。

苏尔特有个名叫辛玛拉的妻子，但相关资料少之又少，只有只言片语。除非将辛玛拉解释为一个人的名字，否则便无法理解这段话的含义。辛玛拉守护着一种名叫雷万汀的魔法武器，雷万汀可能是一个比喻复合词，用来指代剑、魔杖或者其他什么法器。

罗吉

罗吉（有时也被称为哈洛吉）是火巨人弗恩霍特的儿子。他至少有一段时间住在乌特加德，即位于约顿海姆的乌特加尔达洛基堡。在那里，他协助斯克里米尔欺骗洛基和托尔。洛基和托尔参加了各种各样的挑战比赛，洛基与罗吉比赛吃东西。虽然洛基尽了最大的努力，吃掉和罗吉一样多的肉，但他的对手是火巨人，所以洛基没有任何胜算——罗吉吃肉的速度和洛基一样，但他不仅吃掉了盘子里的肉，还吞下了所有的骨头。罗吉娶了女巨人格洛德为妻，夫妻俩生了两个女儿，取名为艾莎和埃米丽娅。所有女巨人的名字都与物质燃烧后的余烬有关。

与奥丁有关的约顿巨人

奥丁既有阿萨神族的血统,也有巨人血统。他的父亲博尔属于阿萨神族,母亲是贝斯特拉——巨人始祖博尔颂的女儿。奥丁娶了女神弗丽嘉,但与多人有染,还和情人们生了几个孩子。其中最引人注目的是女性神灵,托尔的母亲娇德。娇德有时被称为费奥琴。

娇德是掌管大地的女性神灵,且血统高贵。她的父亲是安那尔,母亲是纳特[有时叫诺特,或者叫奈特(意为夜晚)]。纳特曾有三个丈夫,与他们分别生了娇德、达格(意为白天)和奥德(意为繁荣)。娇德以一种原始的方式掌管着大地——作为巨人,她是一种自然力量或自然状态的化身,掌管大地的女神往往掌管着大地上的一切活动,因此,娇德也是农业或丰收的守护神。

纳特和第二个孩子达格坐着用神马拉的战车,围着娇德化身而成的世界漫无目的地绕行。根据斯诺里·斯图鲁松的说法,纳特还有一个孩子,名叫奥德。奥德的父亲被认为是名叫纳格法里的巨人,但没有其他证据证明这一点。如果奥德真的存在,那么他就是托尔的舅舅。

奥丁还和一个名叫琳达的女性生了一个孩子,名叫瓦利。琳达有时被当作凡人,有时被当作女神,但也很可能是约顿巨人。瓦利就是人们熟知的巴德尔的复仇者。这个故事还有一个不那么讨人喜欢的版本。琳达成了被奥丁强奸的凡人公主。当时,奥丁正在为被

上图 罗吉代表火。因此,他在一场吃东西大赛中占尽了优势——这是一场极不公平的比赛,因为火能吞噬一切。他的对手洛基虽然付出了很大的努力,但还是被罗吉彻底击败了。

上图 奥丁对他的妻子弗丽嘉不太忠诚，他和好几个约顿巨人有染，包括托尔的母亲娇德和守护"诗歌的灵酒"的冈洛德。

杀害的巴德尔报仇。根据先知的建议，他去见了鲁塞尼亚的国王。在那里，他向国王的女儿琳达示好，但遭到了拒绝。接着，奥丁用魔法让琳达发疯，自己则伪装成一个名叫维查的女医生或女先知。维查建议她的父亲把她绑在床上，因为给她看病时，她可能会暴躁发狂。奥丁强奸了琳达，琳达后来生下了一个名叫瓦利的孩子。正如先知所预言的那样，瓦利最终为巴德尔报了仇。

洛基的家人

作为奥丁的结拜兄弟，洛基成了阿萨神族部落的一员，从而成为一个神，尽管从大多数资料来看，他的父母均是约顿巨人。有的资料把洛基的一些家族成员称为神。不过，这种说法可能是混淆了普通的神与巨人，因为他们都拥有神一样的力量。

洛基的父亲是法尔巴蒂。这个名字的意思是"残暴的（或强大的、危险的）击打者"。法尔巴蒂拥有闪电之力，洛基则拥有野火之力。这种说法的神话内涵已基本消失，但据推测，原始北欧社会中有一个古老的神话，说是闪电击中了某些易燃材料并引发了火灾。这种物质以劳菲或纳尔为代表，分别指的是树叶和松针。洛基被认为是"法尔巴蒂和劳菲或纳尔"的儿子。这表明没有人知道他的母亲是谁，却并不意味着这个故事本身自相矛盾。洛基有两个兄弟，即海拉布林迪和贝莱斯特，常用"贝莱斯特的兄弟"这个比喻复合词来表示。这并不一定意味着海拉布林迪和贝莱斯特是法尔巴蒂（或疑似洛基母亲的另一位女巨人）的儿子，尽管这种关系通常是推断出来的。

风暴巨人

一些巨人与风暴和恶劣天气有关，有时被称为风暴巨人。至于他们起源于火巨人还是霜巨人，或是后来出现的其他约顿巨人，仍不清楚。洛基的兄弟贝莱斯特和极其富有的奥尔瓦迪是风暴巨人。奥尔瓦迪有三个儿子：刚、伊迪和夏基。

奥尔瓦迪死后，他的三个儿子用一种新奇的方式瓜分了他的巨额财产：他们轮流往嘴里塞金子，直到分掉所有的金子。这也是比喻复合词，形容巨人的言论或话语是黄金或财富。

伊迪和刚在北欧神话中默默无闻，夏基则十分引人注目。他能变成老鹰，还能用魔法使食物怎么都烤不熟。他利用这种天赋诱使洛基用树枝攻击他，从而把喜欢恶作剧的洛基带到了天上，并强迫洛基承诺帮助他掳走女性神灵伊敦恩和她的魔法果实。随后，因为洛基的营救行动，夏基最终被众神放出的火烧成了灰烬。

斯卡迪

斯卡迪有时被称为女性神灵，在北欧神话中履行着冬神的职责。她是一位优秀的猎人，擅长溜冰和滑雪。她是夏基的女儿，夏基死后，她试图为父报仇。结果，她和众神签了一份和平协议，并嫁给了海神尼奥尔德，但双方都住不惯对方的住所，很快就分道扬镳了，斯卡迪也回到了她山区的家里。她似乎一直与众神保持着友好的关系，一些资料表明斯卡迪和奥丁有过孩子。斯卡迪还参与了对洛基的惩罚，把毒蛇放在他的头顶上方，让火辣辣的毒液不停地滴到他的脸上。

右图　作为和平解决方案的一部分，女巨人斯卡迪嫁给了海神尼奥尔德。这是自相矛盾的，神通常会娶女巨人为妻，但似乎一直反对女神嫁给巨人。

第三章
约顿巨人

住在阿斯加德的约顿巨人

有三个约顿巨人在阿斯加德安了家,这也许是某些巨人有时被称为神的原因之一。在这三个人中,洛基实际上是一位神,以奥丁结拜兄弟的身份被纳入了阿萨神族,而其他两人自始至终都是约顿巨人。卡尔有时被称为洛基和埃吉尔的兄弟——尽管这是有争议的,因为洛基或埃吉尔在北欧神话中的分量比卡尔重得多。

埃吉尔和澜

埃吉尔和澜是一对巨人夫妻。他们与海洋密切相关,在关于北欧诸神的一些传说中占有重要地位,而且似乎与诸神的关系非常友好。埃吉尔(意思是"海洋")代表着促进贸易和提供食物的浩瀚海洋。他住在阿斯加德,经常主办盛大的宴会招待诸神,也许正是因为这个原因,他有时被称为海神,而不是与海洋有关的约顿巨人。

澜(意思是"掠夺者")代表着海洋中的危险。她经常用网捕

右图 埃吉尔代表提供食物和运输的浩瀚海洋。他慷慨大方,对诸神十分友好。因此他在阿斯加德安了家,而阿斯加德是一个严防死守将大多数约顿巨人拒之门外的地方。

捉海员，有时还会淹死他们，就像万神殿里的死神所做的那样。她的住所里到处都是在海上淹死的人。这些人去不了海姆冥界、福克温或瓦尔霍尔。洛基曾借用澜的网来捕捉化身成鱼的矮人安德瓦里。

埃吉尔和澜有时被称作神而不是约顿巨人。当然，他们履行了神的职责，也是众神的朋友。但相关资料的表述各不相同。他们有九个女儿，其中七个名叫布洛杜加达、比尔贾、杜法、赫弗林、希明格拉耶娃、赫伦和科尔格，另外两个在不同版本的故事中有着不同的名字——德罗夫在有的版本中名叫巴拉，乌德在有的版本中名叫乌恩。

澜和埃吉尔的九个女儿都与海浪有关。有人说，她们是海姆达尔的九位母亲，并以"海姆达尔是九个姐妹的孩子"这一点加以佐证。但其他资料所提到的海姆达尔那九位母亲，与埃吉尔和澜的孩子们的名字并不相同。

洛基的孩子们

洛基的妻子是西格恩。关于西格恩，我们只知道她对丈夫十分忠诚，其他情况则几乎一无所知。他们至少有两个孩子，叫纳菲和瓦利，但这两个孩子在众神中似乎并不起眼。巴德尔被杀之前，很少有人提到过他们。在那之后，他们的悲惨命运便开始了。瓦利先是被逐出了阿斯加德，随后又遭到追捕并被抓了起来，这类似北欧传统社会中的放逐。这种放逐可能是阶段性的，也可能是终生的。不管怎样，遭到放逐的人是不受任何法律保护的，因此，凡是愿意接受挑战并将其杀死的人都可免遭惩罚。

诸神抓住瓦利后，将他变成了一只狼，随后袭击了他的兄弟纳菲，并将其撕碎。众神用纳菲的肠子把洛基绑在了山洞里的三块石头上。肠子一绑到石头上就变成了铁链，紧紧地拴住洛基。直到多年以后，洛基才得以挣脱出来，发动了"诸神的黄昏"之战。洛基的妻子试图保护他，使他免受从斯卡迪放在他头顶上方的那条毒蛇嘴里滴出的毒液的伤害，但我们至今仍不清楚为什么她不能把那条蛇赶走。

海拉

海拉是一个模棱两可的角色,她的外形至今饱受争议。根据斯诺里·斯图鲁松的描述,她要么是约顿巨人,要么是女性神灵,或者既是约顿巨人也是女性神灵。她是洛基和约顿女巨人安格尔伯达的孩子。然而,为了将北欧神话编织成一个具有严密伦理关系的体系,斯图鲁松杜撰了许多情节。

海拉统治着九大世界的亡灵,掌管着一个名叫海姆冥界的领域——有时也被称为海拉(意为冥界)。这种说法可能会造成理解混乱,因为我们无法确定某个特定段落里讲的"海拉"是死亡女神还是她的领域。但这也可能没有什么区别,因为死者所在之地就代表着死亡女神。

我们并不清楚海姆冥界的具体位置。它通常被描述为一个独立的领域,尽管许多资料认为它位于尼福尔海姆。如果海姆冥界真的在尼福尔海姆,那就有一堵高墙将之与尼福尔海姆的其他地方隔开。

上图 洛基的孩子中有外形是人的海拉——通常被认为是女性神灵而不是约顿巨人,也有像耶梦加德和芬里尔这样的怪物。耶梦加德被奥丁从阿斯加德赶了出来,而芬里尔也被众神捆绑了起来,尽管众神也为此付出了巨大代价。

洛基的怪物孩子们

洛基有几个孩子的母亲并非西格恩——在一个奇怪的故事中,洛基自己也是一匹马的母亲。众神对这些孩子很是提防,害怕他们会引起严重的问题。众神这样谨慎是正确的。安格尔伯达和洛基所生的这几个可怕的孩子都是体形庞大、能力卓越。其中一个或许被当作女性神灵,她就是海拉。她被赋予了九大世界所有死者的统治权。海拉通常被描绘成人形,长得很像阿萨神族和华纳神族。洛基另外两个非常出名的孩子——耶梦加德和芬里尔——长得完全不像人类。芬里尔是一只凶猛的魔狼,在被神灵们诱骗上钩后咬掉了提尔的一只手。

这与下面这种观点是吻合的,即尼德霍格居住在尼福尔海姆的伊格德拉希尔树根附近,啃食尸体或饮用尸体的血液。尼德霍格只能费力把尸体送到纳斯特朗,那是海姆冥界的一个特定部分,是冥界的"尸体之岸"。

纳斯特朗和尼德霍格只折磨那些最坏的人,也就是那些犯下了危害北欧社会罪行的人,诸如谋杀、通奸和违背誓言,等等。有人认为海姆冥界有一个特殊的地方专门留给那些犯下这些罪行的人,这可能是后来受了基督教的影响。如果是这样的话,纳斯特朗也可能是后来的人们添加上去的。然而,有移民时期的珠宝上雕刻了可能是海拉的女神形象,所以,某些关于海拉的故事很可能早在基督教学者斯图鲁松编写《散文埃达》之前就已经存在了。

耶梦加德

耶梦加德(意思是"巨兽"或"大魔怪"),是洛基所有孩子中最可怕的生物,外形是一条巨蟒。奥丁把他封印在环绕米德加德的大海深处,至少封印住了一段时间。耶梦加德在海底长得极其巨大,首尾相连包围了整个世界,甚至可以吞下自己的尾巴。因此,耶梦加德也被称为米德加德巨蟒或尘世巨蟒。

托尔对这条命中注定要杀死自己的巨蟒抱有特殊的敌意(事实上耶梦加德的确做到了,虽然它自己先死了),他曾有三次碰到过

右图 巨蟒耶梦加德可能是最厉害的北欧怪物，从而成了战神托尔的劲敌。他们在头两次的接触中都没能分出胜负，但在"诸神的黄昏"互相残杀，最后同归于尽。

耶梦加德。第一次托尔接受约顿巨人国王乌特迦·洛奇的挑战，要举起一只巨猫来展示自己的力量，但托尔只设法让猫的一只爪子离开了地面，没能把猫举起。乌特迦·洛奇承认，这是一次令人印象深刻的壮举，因为这只猫实际上是耶梦加德利用魔法伪装成的。第二次，托尔和巨人希米尔去钓鱼，托尔成功地抓住了巨蟒，但由于希米尔的阻止而没能杀了它。此后，在"诸神的黄昏"之战时，托尔第三次遇到耶梦加德。

芬里尔

大魔狼芬里尔是洛基三个魔兽孩子中最可怕的一个。众神担心，如果像对待海拉或耶梦加德那样，任其逍遥，难保芬里尔不会做出什么恐怖的事情。于是他们决定把他留在阿斯加德，以便更好地控制住他。

事实证明，这根本是不可能的。魔狼长得很快，且胃口大，还会咬那些给他喂食的神。很快，只有提尔敢接近芬里尔了。既然芬里尔命中注定要在"诸神的黄昏"中杀死奥丁，那就必须采取措施摧毁他。于是，众神决定捆住芬里尔，但这需要承担巨大的风险。众神不断尝试各种方法，但令他们感到越来越恐慌的是，芬里尔的力量实在大得惊人，无论什么样的锁链都会被他轻易挣断。为了避免芬里尔因愤怒而实施暴行，众神设法让他相信：所谓的捆绑不过是一场游戏，是展示他巨大力量的机会。

北欧世界的居民，无论是神、人还是怪物，只要有机会显摆自己有多勇猛，就绝不会轻易放弃。芬里尔亦如是。因此，他与众神玩了一段时间。最后，他心生怀疑，尤其在看到那根外表柔软的绳

下图 提尔故意牺牲自己的一只手来换取绑住恶狼芬里尔的机会。这是提尔非凡勇气的表现，这样的行为完全符合他作为勇士和保护者的身份。

子时。这根绳子名叫格雷普尼尔，是矮人们应众神要求用数种珍稀材料制成的，专门用来捆绑芬里尔。

魔狼感觉到危险正在逼近，便不肯让众神用这根魔法绳来捆绑自己。如果众神一定要捆，就必须答应，万一他无法自己逃脱，就把绳子松开。为了保险，在芬里尔被释放之前，必须有一位神把手放在他嘴里。只有提尔敢这样做——牺牲自己一只手来保护世间万物免受芬里尔的伤害，但这也许是违背誓言的代价。最终，芬里尔无法挣脱束缚，便愤怒地咬掉了提尔的手。

芬里尔被带到了一个偏僻的地方，然后被铁链锁在一块岩石上，嘴里还插着一把利剑，使他的嘴无法合上。当芬里尔被捆住的时候，一股口水从他嘴里流了出来，但除了愤怒地嚎叫之外，他什么也做不了，直到"诸神的黄昏"临近，他才最终得以逃脱。在"诸神的黄昏"时，芬里尔吞掉了奥丁，但正如之前所说，他随后也被奥丁的儿子维杀死了。

芬里尔有时被当作北欧神话中的其他狼，或是与其他狼有着某种联系。他只出现在一个以他的名字命名的重要故事里，但也可能被描述成"诸神的黄昏"中吃掉太阳的那匹狼。在有些故事中，吃掉太阳的狼是斯科尔，而不是芬里尔。但也有资料提到，芬里尔吞噬了太阳，而另外一匹名叫加莫的狼也在"诸神的黄昏"之前挣脱了枷锁，吞掉了月亮。这可能是因为芬里尔和这些毁天灭地的魔狼之间有着某种神秘的联系，或者是因为这些故事在几个世纪的演变中被混淆或扭曲了。

海姆达尔的九位母亲

海姆达尔有九位母亲，她们都是年轻的约顿巨人。一些学者认为这九个女孩可能是埃吉尔和澜的九个女儿，因为关于海姆达尔的传说也声称，他的九位母亲是嫡亲姐妹，而他的另一个名字叫温德勒，意为"海风"。然而，有一首通常被认为是关于海姆达尔的诗列出了他的九位母亲的名字，与埃吉尔和澜的女儿们的名字截然不同。

而且其中几个角色几乎没有记录。安杰亚、阿特拉、艾斯特拉和乌尔夫伦都没有出现在北欧故事中,但贾尔普、格雷普和雅恩莎撒确实在北欧神话中扮演过相当引人注目的角色。

贾尔普和格雷普

贾尔普和格雷普是托尔的敌人约顿巨人盖罗德的女儿。当洛基化身为鹰的时候,盖罗德设法抓住了他,并逼他答应,把托尔带过来。像往常一样,洛基同意了背叛他的亲人,并说服托尔赤手空拳去盖罗德家。在洛基的花言巧语下,托尔没有系魔法腰带,也没有戴魔法手套,最重要的是,没带他的雷神之锤。

在路上的时候,洛基和托尔在一个名叫格蕾的约顿女巨人家里停下来。格蕾不仅告诉托尔他将掉入一个陷阱,还给他提供了扭转局面的工具。她给了托尔魔法铁手套、魔法腰带和一根魔杖。

左图 前往盖罗德家的路上,托尔遇到了约顿女巨人贾尔普,她正试图往河里注入洪水淹死托尔。

托尔继续朝盖罗德家走去，路上遇到了巨人的女儿贾尔普，她正双腿分跨在两条沟壑中对着维姆河撒尿。托尔朝她扔了块石头，使她无法继续制造洪水。然后，他去了盖罗德家。在那里，他被带到了一间只有一把椅子的房间里。有一个比喻复合词将这把椅子描述为"约顿女巨人的帽子"，大概是说约顿女巨人贾尔普和格雷普不知怎的正躲在帽子下面。当托尔坐下时，两位约顿女巨人把椅子往上顶，想把托尔顶到天花板上去。不过，托尔用格蕾给的魔杖顶着天花板，不但救了自己，还把两个约顿女巨人的背压断了。然后，托尔和盖罗德对战。盖罗德朝托尔扔了一块烙铁。格蕾的礼物又一次帮助了托尔——他抓住了烙铁并把它扔了回去。虽然盖罗德躲在一根柱子后面，但那块烙铁还是砸穿柱子，砸破了他的头，把他砸进地下。

雅恩莎撒

托尔和约顿女巨人雅恩莎撒的关系非常好。他们共有两个儿子，名叫马格尼和莫迪。他们在"诸神的黄昏"后幸存下来，并继承了雷神之锤妙尔尼尔。马格尼有一匹名叫古尔法西的马，那马跑得快，反应也快，几乎与奥丁的斯莱普尼尔不相上下。

其他约顿巨人

北欧故事中的许多约顿巨人通常只是众神在冒险途中偶然遇到的，或与之战斗的，或被其欺骗的，或被其击败的。其中一些约顿巨人在宏大的计划中似乎很重要，但在诸神的传说中是次要的，所以受到的关注可能比他们应得的要少。

贝里

贝里是一名约顿巨人，莫名其妙地被弗雷尔杀死了。弗雷尔刚把自己的魔法宝剑送给仆人斯基尼尔，就遇到了贝里，然后用鹿角杀死了他。显然，贝里并不善于打斗，奥丁在与国王古鲁菲谈话时说过，弗雷尔徒手就可以干掉贝里。

埃格迪尔

有的故事称埃格迪尔为"牧民女巨人",但我们并不清楚她到底是谁,她可能是米德加德以东的铁树林中养育巨狼和其他魔兽的女巨人之一,也很可能是洛基那几个魔兽孩子的母亲安格尔伯达。如果是前者的话,埃格迪尔可能养了好多魔兽。据说,她一边弹奏竖琴一边等待雄鸡费雅勒啼叫。这只雄鸡与谋杀克瓦希尔的一个凶手同名,但这很可能只是巧合。

雄鸡的啼叫声标志着"诸神的黄昏"的开始,因此就某些方面而言,埃格迪尔扮演了与海姆达尔同样的角色,只不过她是给巨人而不是给众神报信。因此,埃格迪尔既是牧人,也是守门人,还是"诸神的黄昏"的报信人。

格尔德

约顿女巨人格尔德是丰饶之神弗雷尔的妻子。她的母亲是奥博达,父亲是吉米尔,尽管有时会与埃吉尔混为一谈。吉米尔有时被认为是长着蛇身的海洋巨人,有时则被认为是冥界或大地上的生物。

格尔德长得非常漂亮,弗雷尔在遥远的高塔上惊鸿一瞥就对她一见钟情,情根深种。他派仆人斯基尼尔去向格尔德求婚,起初被拒绝了。关于这个故事的一些版本中提到了斯基尼尔向格尔德发出的可怕威胁,其他版本则没有,但格尔德最终还是同意嫁给弗雷尔。然后,他们在一个叫巴里的地方约会。为了方便斯基尼尔完成任务,弗雷尔把他的魔法宝剑交给了斯基尼尔。这可能是弗雷尔在"诸神的黄昏"中与火巨人苏尔特战斗时被对手杀死的原因。

赫拉斯瓦尔格尔

赫拉斯瓦尔格尔是约顿巨人,其名字的意思是"吞尸者"。他能够化身一只雄鹰,拍打翅膀让风吹来。关于他的记录很少。

本页图 弗雷尔派斯基尼尔去说服格尔德嫁给他,并把他的魔法宝剑给了斯基尔,这个决定可能是个错误——他在"诸神的黄昏"之日将无剑可用,最终不敌火巨人苏尔特,而成为对方的剑下亡魂。

右页图 约顿巨人赫朗格尼尔把一块燧石朝托尔的脑袋砸了过去。一块碎片卡在了托尔头上。女先知格罗雅试图把石片取出来,却因为听到了有关她丈夫的消息而分散了注意力。

赫朗格尼尔

约顿巨人赫朗格尼尔死后去了瓦尔霍尔，这是极不寻常的。更奇怪的是，他并不是因为在战斗中英勇牺牲才进入瓦尔霍尔，而是因为输了赌注。奥丁打赌说，他的斯莱普尼尔比赫朗格尼尔的古尔法西跑得更快。赫朗格尼尔接受了挑战，并同意用项上人头作为输掉比赛的代价。

在瓦尔霍尔，到处都是无休止地喝酒和打斗的亡灵战士。赫朗格尼尔一到那里就喝得酩酊大醉，还与人争论不休。大家都受不了他，于是众神不得不对他采取行动。托尔被派去与赫朗格尼尔作战。赫朗格尼尔把手中的磨刀石砸向托尔，托尔用妙尔尼尔将磨刀石砸碎了。结果，石头的碎片落到了米德加德。从此，这片土地上就有了火石。

一块磨刀石的碎片卡在了托尔头上，不过此时他已经击毙了赫朗格尼尔。托尔被压在了死去巨人的脚下，直到女巨人雅恩莎撒过来，才把他救出来。她带了他们的儿子马格尼来帮忙。马格尼虽然还是个孩子，但却很有力气，所以把父亲解救了出来——而所有的阿萨神加起来都抬不动赫朗格尼尔的脚。赫朗格尼尔在这场战斗中得到了莫库尔卡菲的帮助，莫库尔卡菲是一个用黏土做的巨人，他体形庞大，但他动作很慢，而且很怕托尔，最终他被托尔的仆人瑟贾尔菲打败了。

右图 这是一块图尔索普如尼文石碑，上面描绘了纳格尔法尔号将死者带到维里奥尔平原参加"诸神的黄昏"最后之战的情形。我们从图中还能看到魔狼芬里尔，尽管他没有登上那艘用死者指甲做成的船。

有人去请女先知格罗雅帮忙取下托尔头上的那块石头碎片。事情进展很顺利，然而，就在这时，托尔告诉格罗雅，他最近帮助她的丈夫奥万迪尔，他正在回家的路上。格罗雅想到马上就能与丈夫团聚，兴奋不已，忘记了她的魔法咒语，那块碎片便一直卡在托尔的头上。

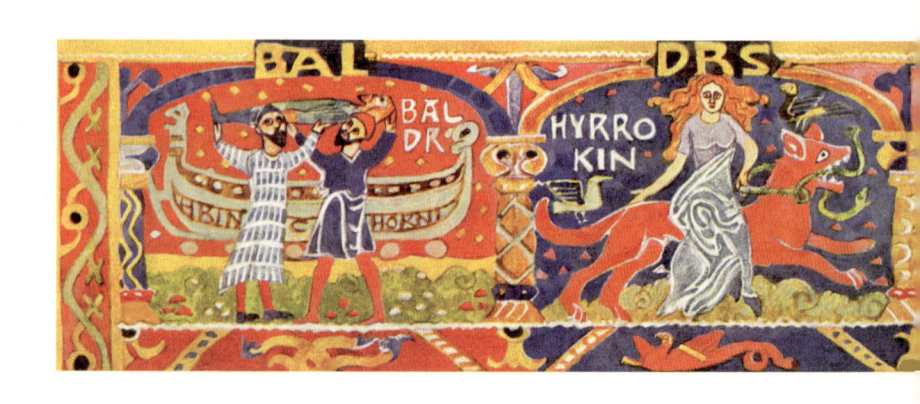

赫列姆

赫列姆是约顿巨人,也是纳格法尔号船长。这艘船把英灵军团从海姆冥界运往"诸神的黄昏"的战场。也有资料显示,洛基是这艘船的船长,但即便如此,仍有人认为赫列姆是乘着这艘船去参加战斗的。

海罗金

巴德尔死后被放在了一艘殡仪船上,周围都是陪葬品,旁边还躺着他那悲伤而死的妻子南娜。这艘船名叫赫林霍尼,它又大又重;众神无法将其推出去,只得四处求助。最终,他们请来了约顿海姆的约顿女巨人海罗金,她以不可思议的力量而闻名。

海罗金骑着一匹巨狼,以毒蛇为缰绳。这头野兽非常凶残,奥丁的侍从们只有先使它失去知觉才能控制住它。随后,海罗金只用一只手就把殡仪船推到了海里,完成了众神合力也未能完成的任务。以神力著称的托尔被约顿女巨人抢走风头时大为恼火,他想要杀掉海罗金,但被阿萨众神劝阻了。

莫德古德

约顿巨人莫德古德——意思是"狂战者"——负责守卫海拉冥界的入口,横跨吉欧尔河贾拉勒布鲁桥。吉欧尔河是发源于赫瓦格密尔泉的十一条大河之一,河水因直接流自尼福尔海姆的中心而冰寒彻骨。贾拉勒布鲁桥是跨越吉欧尔河的唯一路径。莫德古德可以

下图 巴德尔的盛大葬礼上,只有约顿女巨人海罗金能将殡仪船推下水。托尔对此感到十分恼火,因为天赋神力是他引以为傲的资本。在众神的劝阻下,他没有杀掉海罗金,但还是把一个路过的矮人踢进了火里。

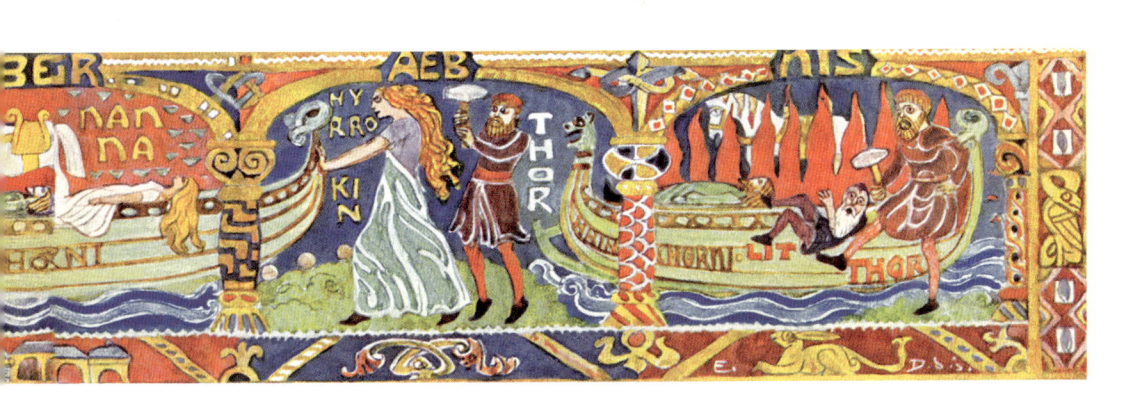

下图 约顿巨人斯克里米尔以捉弄托尔为乐，并善用幻术，以达到羞辱托尔的目的。托尔有很多次都想趁斯克里米尔熟睡之际杀了他，但因后者有法力傍身，托尔的刺杀计划一次都没能成功。

让刚刚死去的亡灵从桥上过去，进入海姆冥界，但不允许他们返回去。霍德尔请求海拉释放巴德尔时遇到了莫德古德。

斯克里米尔（乌特迦·洛奇）

斯克里米尔是约顿巨人之王，也是约顿海姆领主，有时也被称为乌特迦·洛奇。这可能会让人觉得很奇怪，这个洛奇也是一位幻术大师，但与诡计之神洛基毫无关系。

斯克里米尔施展魔法和幻术，迷惑了托尔和他的同伴，偷走了他们的食物，并在他们前往斯克里米尔城堡的路上羞辱了托尔。托尔和他的同伴们在旅途中住进一栋房子里，发现里面异常黑暗。在夜里他们被奇怪的声音吵醒了，发现房子在摇晃。托尔让同伴们躲在一个小房间里，他自己则在那里守护着他们。

经过那个非常不愉快而且颇为可怕的夜晚之后，旅行者们走到外面，发现一个约顿巨人正在睡觉，他的鼾声引得地动山摇。约顿巨人醒后说他叫斯克里米尔，然后随手拿起了一只睡觉前摘下来的手套，这就是托尔和他的朋友们栖身的"房子"。他们被斯克里米尔的鼾声吓到时所躲到的地方就是手套的拇指位置。斯克里米尔提议

他们一起去他的城堡,并主动提出帮他们提行李。一路上,即使不用背行李,几位旅行者也很难跟上斯克里米尔的脚步。当他夜晚停下来睡觉时,托尔和其他人终于赶了上来,并试图从他的背包里拿出食物,但斯克里米尔把带子系得太紧了,托尔取不出食物。于是,托尔很生气,抡起他的神锤妙尔尼尔就往约顿巨人头上砸去。

斯克里米尔被惊醒了,便问是不是有一片叶子落在了他身上,然后又睡着了,又开始打呼噜。托尔的同伴们却再也睡不着了。托尔又砸了他一锤,但也只是稍稍惊动了约顿巨人而已。接着,斯克里米尔又睡着了,托尔又使劲打了他一顿,把妙尔尼尔砸到了约顿巨人的脑袋上。令托尔感到沮丧的是,斯克里米尔只是再次醒了过来,问是不是有鸟粪落在他身上。

随后,斯克里米尔带着托尔他们又上路了,还时不时地停下来

上图 约顿巨人斯克里米尔的城堡太大了,托尔和他的同伴几乎看不到顶。

羞辱托尔一番。他对托尔说，千万别在他的城堡里吹牛，因为约顿巨人们不会容忍像托尔这样矮小的人在他们地盘上吹牛。托尔和他的同伴们又走了一天，终于来到了斯克里米尔城堡。这座城堡实在太大了，他们抬高了脑袋也几乎看不到城堡的顶。

在斯克里米尔城堡，托尔和他的伙伴们受到了约顿巨人之王斯克里米尔的接见，并接受了后者的挑战，参加了一系列他们不可能获胜的比赛。按照对方的要求，托尔必须举起一只猫以展示自己的力量，这只猫其实是用魔法伪装的尘世巨蟒耶梦加德；他还参加了一场摔跤比赛，但他的对手其实是时间老人；按照挑战要求，他必须喝光盛在牛角中的酒，但对方施展魔法将牛角与大海连接到了一起。与此同时，托尔的仆人瑟贾尔菲参加了另一场挑战比赛，结果发现，他的对手比世界上任何生物跑得都要快。这个对手大名叫"雨吉"，意思是"思想"。洛奇还按照对方要求参加了一场进食比赛，但对手是能吞噬一切的火。

乌特迦·洛奇享受了一番逗弄他人的乐趣（或者是羞辱诸神的乐趣），然后就打发托尔等人上路了。临别时，乌特迦·洛奇解释说，他其实就是斯克里米尔，他在荒野中用魔法骗了托尔。当时，装食物的背包已经用铁丝网封住了，而斯克里米尔的头和托尔的米奥尔尼尔之间隔了一座小山，那小山上已被砸出了三个深深的沟壑。他还解释说，前面举行的几场比赛都被施了魔法，众神的表现已经大大超出了他的想象。他还补充说，如果他早知道托尔如此强悍的话，就不会让托尔进入自己的城堡了。然而，托尔并没有因为这些解释而感到丝毫欣慰。但是当愤怒的雷神举起他的锤子砸向斯克里米尔和他的城堡时，一切都消失了。

苏图恩

苏图恩是吉灵和他妻子生的儿子——这夫妻俩都被矮人费雅勒和加拉尔杀害了，而对方只是觉得好玩。在寻求复仇的过程中，苏图恩从矮人那里得到了"诗歌的灵酒"，并把酒交给了女儿冈洛德保管。后来，苏图恩的哥哥包吉因为上当受骗而被迫协助奥丁进入

拿锤子来，让我们为新娘祈福吧。

苏图恩家。奥丁勾引了冈洛德，并偷走了灵酒。

索克

巴德尔被杀后，海拉答应，如果世界上所有生灵都为他哭泣就放他回去。使者们受命前往各地，要求世界上所有生灵都为巴德尔哭泣。除了一个名叫索克的约顿女巨人之外，大家都这样做了。信使们还以为已经圆满完成了任务，却在回家途中的一个山洞里遇到了索克。索克的拒绝意味着，巴德尔必须留在海拉身边。其实，索克就是乔装打扮的洛基。洛基此举的目的就是，绝不让奥丁的儿子巴德尔起死回生，这是他对结拜兄弟奥丁的彻底背叛。

特里姆

特里姆是约顿巨人之王，也是约顿海姆领主。他想娶女神弗蕾娅为妻，便设法偷了托尔的锤子妙尔尼尔，并要求用弗蕾娅作为交换。特里姆上了众神的当，以为众神同意了他的要求。当盛装打扮

上图 奥丁为获取"诗歌的灵酒"而欺骗并引诱冈洛德。把酒偷到手后，奥丁变成一只鹰逃跑了，只留冈洛德独自面对父亲苏图恩的愤怒。

右图 约顿巨人特里姆试图强迫弗蕾娅嫁给他,但乔装打扮的托尔代替了弗蕾娅。托尔一抓到妙尔尼尔就扯下了新娘的面纱,在特里姆的宫殿里大发雷霆。

的托尔来到他的宫殿时，他以为那就是弗蕾娅。托尔抓起神锤，一锤砸死了特里姆和在场的所有约顿巨人。

瓦夫鲁尼尔

瓦夫鲁尼尔——这个名字在他自己提出的谜语中的意思是"强大的织布者"——强大而睿智，并悉知过去和未来。为了与他进行一场看谁更聪明的比赛，奥丁拜访了瓦夫鲁尼尔的宫殿。过分自信的瓦夫鲁尼尔以项上人头为赌注，结果却赌输了，这远比奥丁赢得比赛更能说明瓦夫鲁尼尔没有他自己想象中那么聪明。

在比赛中，奥丁或多或少作弊了，因为他问了一个只有他自己才知道答案的问题——奥丁在葬礼上对着死去的巴德尔耳语了什么？所以说，与像奥丁这样狡猾的人以命相搏进行较量，可能是一件毫无意义的事情。

上图　只有奥丁自己知道他在死去的儿子巴德尔耳边说了些什么。他利用这点赢得了与约顿巨人瓦夫鲁尼尔之间的猜谜比赛，后者因为输了比赛而丢了脑袋。

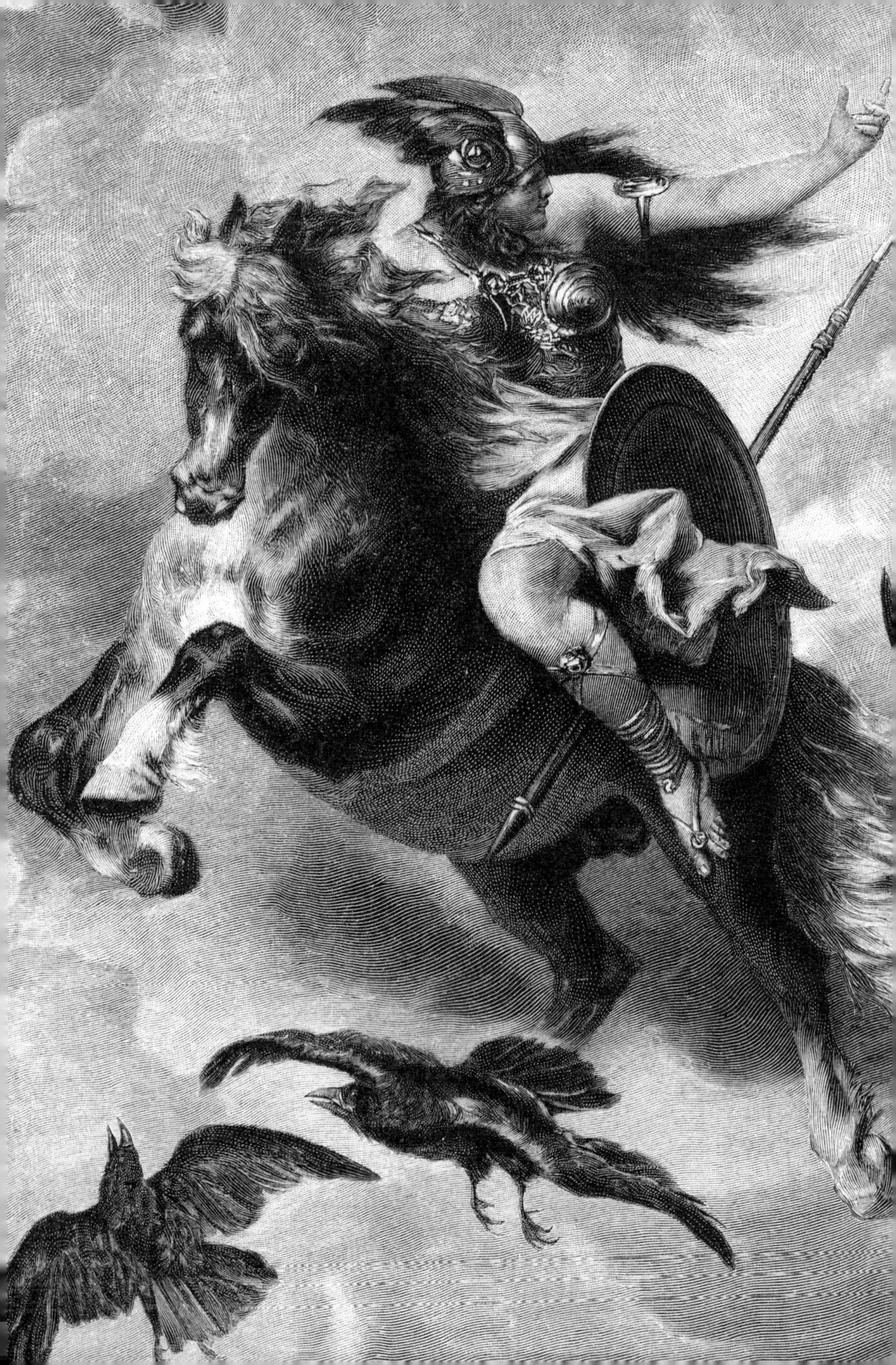

第四章

魔法生灵

北欧神话中有各种魔法生灵，这些生灵的本性并不像我们如今所认为的那么清晰易辨。事实上，任何一个特定故事中所描述的生灵都可能有其独特的本性，与其他故事中具有相似名字或特征的生灵并没有什么联系。

如果试图将每个种族的魔法生灵的力量和能力汇编成册，将不可避免地面对各种模糊不清的表述或者扭曲变形的故事形象，这些人物到底是神、巨人还是凡人，说法不一，对诸神所遇到的各种超自然生灵和魔法生物的处理方式也不可能完全一致。

迪西尔和费尔加

北欧神话中提到了被称为迪西尔的神灵，但却没有明确界定他们的本性。迪西尔可能是神灵或精灵的祖先，也可能是一个用来描述所有超自然生物的术语，或者仅仅是一个假设。因为有资料证实，"奥丁的迪西尔"是用来指代瓦尔基里的一个隐喻。然而，作为术语，"迪西尔"似乎更适用于指代女性神灵，或用来指代那些善良的生物。这并不意味着她们不好战——有些迪西尔其实相当好战，但无论是在战场上提供帮助还是治愈病人，她们似乎都是为了争取最好的结果。

关于这些神灵的书面记载很少，众所周知，（至少在某些地区）人们会在冬季庆祝一个传统节日，这个节日里就有向迪西尔献祭的环节。根据推测，这很可能是一个宗教性或精神性的节日，旨在赶走冬天的糟糕境况，确保新的一年有个良好的开端。人们还可能在

左页图 瓦尔基里的本性相当复杂，她们有时似乎是奥丁个性的延伸，或者她们本身就是神奇的存在。有些人或多或少是凡人——至少在某些时候如此。

下图 迪西尔是令人难以琢磨的生灵,她们在选择帮扶对象时似乎完全出于自己的喜好。

这个节日期间举办某种节日盛宴。然而,这方面的具体信息实在太少了。

诺恩

诺恩是掌管命运的魔法生灵。如果"诺恩"一词指的是"会魔法者",那么就有许多"诺恩"。

理论上,所有人类预言家或女巫以及包括奥丁和弗丽嘉在内的会魔法的生灵都可以被称为"诺恩"。北欧神话中提到了三个至关重要的诺恩女神,她们是三位命运女神。

这三个诺恩女神名叫乌尔德、威尔丹迪和斯库尔德,意思是"曾经的"、"即将到来的"和"将来的"。我们很容易将其理解为"过去、现在和未来",但这种理解将其简单化了。不同于希腊神话中的命运女神,"诺恩"并不为任何人安排确切的命运。相反,她们以无限循环的形式描述命运的各种可能性。

乌尔德代表过去的一切,但决定了人们当前可能面临的选择。过去所做的决定可能会让人们失去一些原本可以做的选择,因此过

左图 北欧人相信，每个人都有机会在既定的范围内选择自己的命运。诺恩女神负责看护和记录每个人一生中所做的选择。

去不仅决定现在的状况，而且造成了现在可能面临的选择。威尔丹迪代表当前的形势和可能做出的选择，也代表做出选择的瞬间。过去和现在决定了未来可能面临的选择，因此，斯库尔德在很大程度上取决于以前发生的事情，也会因人们现在所做的决定而发生改变。

这是一个不断循环的过程。现在所做的决定很快就会成为过去的一部分，又将决定未来的进程。这个过程通过诺恩女神用乌尔德泉水浇灌伊格德拉希尔，泉水又从伊格德拉希尔的树枝上流回井里这种方式来实现。

这棵伟大的世界之树也可以被看作是过去、现在和未来循环往

精神伙伴

有些人有自己的精神伙伴。某些精神伙伴几乎是独立的实体（如奥丁的乌鸦），但大多数精神伙伴与其跟随对象密不可分。奥丁的乌鸦和狼——有些资料中还包括瓦尔基里——基本上是他的实体化分身，也是半独立存在的生物。能力较弱的精神伙伴被称为追随者。

这些作为追随者的生物的外形反映了他们所追随对象的个性。在那些能够看见他们的人眼中，魔法师的灵宠通常是猫或鸟，这类似于欧洲民间传说中巫师和女巫身边的宠物。然而，大多数人看不到这些追随者，这是好事，因为当与人类相连的精神伙伴出现时，往往意味着死亡的来临。

第四章
魔法生灵

下图 这幅插画的灵感来自瓦格纳的歌剧《尼伯龙根的指环》。画中的诺恩女神正在伊格德拉希尔旁边编织命运之绳。她们所做的事更像是观察和记录,因为她们从不安排任何人的命运。

复的隐喻。树根表示过去——它们早已存在,并限制了树的本性和生长的极限。因为梣树树根上只能长出梣树,既然伊格德拉希尔的根是梣树树根,那么它就不可能长成一棵山毛榉树。

伊格德拉希尔的树干代表现在,是树枝发芽生长的地方。我们可以决定沿着哪根树枝继续前进,但一旦做出选择就不能改变。过去做出的选择成就了现在并成为过去的一部分,决定了未来的可能性。一旦选择了某条树枝,就只可能遇到这条树枝上存在的一切。也许遇到的是松鼠拉塔托克——它在树上窜来窜去,在鹰和龙这对

魔法改变未来

魔法可以影响事件的进程和任何既定结果的出现概率，因此，魔法师也可以被看作诺恩。像咒语这样简单的可以用来提升口才的东西，可以极大地影响未来的进程，能够使神或英雄说服他人采取既定的行动。用来排除饮料中毒药的咒语可以确保一个人的命运不会就此结束，从而使一系列原本不可能存在的未来成为可能。因此，北欧神话中的魔法可以用来改变命运并创造新的可能性，但不能改变已经发生的一切，因此不可能用来突然而大规模地改变宇宙。

死对头之间搬弄是非。如果是这样的话，还有更多的决定等着我们去做，比如，听了拉塔托克说的话之后，该怎么办？如果选择另一条树枝，则意味着可能不会遇见拉塔托克，因而也不会遇到上面那些选择，但可能会遇见站在奥丁宫殿屋顶上的山羊海德伦。不同的决定会带来不同的选择，从而可能会导致完全不同的未来。因此，过去所做的选择（以及当时的条件）决定了现在的选择，而现在所做的选择又决定了未来的可能性。可见，命运决定了可以选择的范围，但我们一生的实际进程取决于沿途所做的各种选择。

女武神与魔法战士

瓦尔基里（或女武神）负责选择亡灵。她们的任务是决定哪些战士将被带到福克温或瓦尔霍尔，为"诸神的黄昏"之战做准备。其余未被她们选中的亡灵都归海拉所管，但奥丁希望最勇敢善战的亡灵能在最后的战斗中与他并肩作战。

现在的瓦尔基里通常被描绘成美丽的女武神，而且从北欧传说中可以看出，她们可能很有魅力。许多女武神被当作皇族的女儿，其中一些成了人类战士、英雄和国王的情人，并和他们生儿育女。然而，瓦尔基里最初的形象，至少在某些叙述中，是相当不讨人喜欢的。在各种描述中，与死亡和战后情形密切相关的女武神身边经常会出现乌鸦和其他食腐动物，但事实上，这可能是她们在战场上的样子。

右图 女武神可以在战斗中协助人类战士，无论是使用魔法还是亲自参加战斗。她们似乎有选择哪一方的理由，有时还喜欢违抗命令。

有一些证据表明，最初的"真正的"女武神其实是女巫，她们负责照料举行人类祭祀的圣树林。用人类作祭祀品并不普遍，但在发生重大危机时很可能发生。从另一些资料来看，祭祀就是像奥丁刺穿自己然后把自己挂在树上那样，把人类吊死在树上献给奥丁，而被俘虏的战士则可能被刺在长矛上献给奥丁。如果是这样的话，

女武神布隆希尔德

最著名的女武神是布隆希尔德。违背奥丁的命令之后,布隆希尔德与他吵了一架。当时,两个敌对的国王阿格纳和哈贾尔贡纳要进行一场战斗,奥丁希望哈贾尔贡纳能赢。然而,布隆希尔德做出了一番安排,让阿格纳赢了。因此,她受到了惩罚,要像凡人那样去生活。众多北欧萨迦和日耳曼史诗中都记载了这个故事。1876年,瓦格纳根据日耳曼史诗中的这个故事创作了歌剧《尼伯龙根的指环》。

右图 "布隆希尔德站立许久,茫然又惊慌。"——亚瑟·拉克姆(Arthur Rackham,1910)。

那最初的瓦尔基里可能是年迈的女祭司。她们决定选谁充当祭祀品,或者决定献祭多么重要的人才能确保当前的危机得到解决。有记录表明,用于祭祀的主要是俘虏和亡命之徒。但有一次,为了结束一场令人绝望的饥荒,有位国王被选作了祭祀品。

拥有魔法的瓦尔基里不仅有权选择哪些亡灵配得上进入福克温或瓦尔霍尔宫,还参与了对亡灵的选择。女武神可以使用魔法来帮助或阻挡她们选择的人,并用这种方式来改变战斗的进程或某个战士的命运。当她们既不用选择亡灵又不是凡人战士的情人时,瓦尔基里也会给住在瓦尔霍尔宫的亡灵战士送去蜂蜜酒。

埃因哈尔加尔

埃因哈尔加尔是死后被选入瓦尔霍尔宫的英灵战士。他们在那里不断练习打斗,为即将到来的战斗做准备,每到晚上,他们的伤口就会愈合,就连断头断肢都会重新长出来。每当夜幕降临,这些埃因哈尔加尔就在宴会上通宵畅饮。埃因哈尔加尔的具体数量不得而知。虽然奥丁回答外界的猜测时声称瓦尔霍尔宫的确有大批战士,但是从未出现过食物短缺的情况,宫门口也从未有过拥挤不堪。他补充说,尽管宫里有这么多亡灵,但"当狼来的时候",即"诸神的黄昏"到来的时候,这些亡灵已经所剩无几。

上图 这是6世纪瑞典的一条镀银吊坠,显示了有着某种力量的女精灵,描述的主题可能是一个瓦尔基里,但也可能是迪西尔。这条吊坠可能是为了祈求圣灵的帮助而佩戴的。

狂战士

北欧神话故事和英雄传说中的狂战士在历史上的确存在过。"真正的"狂战士造成了诸多理性上的混乱。大多数人都熟悉这样一种观念：狂战士是不顾自身安危的勇士，在战斗中因为各种原因疯狂杀敌。有人认为，狂战士患有分离性个体性格障碍，类似马来语中的"狂奔"现象。而且这种神经紊乱或类似症状是由宗教狂热或某种药物所引起的。

也有人认为，"狂战士"不过是一个以擅战闻名的部落，或者是因为在战斗中表现出色而被勇士之王选中的卫队。这些人看起来极度自信、极有攻击性并且勇往直前，可能会让人觉得他们会为了生存而不计后果，甚至被当作精神错乱的人。不同语言文化对"狂战

左页图 埃因哈尔加尔的来世充满了无尽的暴力。为了恢复体力，他们夜夜宴饮，喝着女武神侍奉的蜂蜜酒，大概还吹嘘着自己在白天战斗中所做的事。

本页图 尽管狂战士像狗一样疯疯癫癫，但他们都是本领高强的战士，利用自己刀枪不入的特性摧毁敌人。

士"所做出的解释各不相同——在有的语言文化中,"狂战士"指的是那些穿着象征其伟大战士地位的熊皮斗篷的人,而在有的语言文化中,"狂战士"指的是那些在战场上袒胸露背的人。这可能并不是指这些人会在战斗前脱掉衣服和盔甲,因为没有护胸盾牌就上阵作战的人也可能被认为是在袒胸露背地战斗。

神话中的"狂战士"会自然而然地令人联想起奥丁。在某些描述中,备受奥丁的狂怒和狂喜鼓舞的"狂战士"像狗一样疯狂作战,而且不穿盔甲。尽管如此,这些战士仍然是无坚不摧的。据说,狂战士在"狂暴"时会变形,这称为"狂暴化",但并不一定意味着他们会变成动物,而更可能是从相当理性的职业战士变成神圣的屠宰机器。

右图 因格尔弗·阿尔纳尔十分尊重冰岛的地精,因此创建了第一个繁荣的定居点。位于雷克雅未克的这座雕像就是为了纪念他。

人们认为"狂战士"会施展魔法。传统的北欧民间传说中有各种各样的咒语，而且，使用这些咒语可以使"狂战士"的武器始终锋利无比。这是"狂战士"的一种力量，还加深了人们心目中"狂战士"刀枪不入的印象——可能一把钝剑就足以阻止许多战士的进攻，但是，对于那些在精神上无视痛苦无畏恐惧的人来说，只要某个东西不会立即杀死他们，就不会对他们造成太大的影响。

兰德瓦提尔（地精）

兰德瓦提尔——意为"土地中的幽灵"——是与某个地方密切相关的精灵或魔法生灵。这些地精的起源尚无定论，但他们肯定不是凡人变的。当冰岛刚被世人发现时，那里几乎荒无人烟，只有极少数适应力超强的爱尔兰僧侣，但他们也在古北欧人到来之时离开了。尽管冰岛此前只有基督徒，但强大的北欧地精早已存在。

第一次真正的殖民活动是在870年，领导者是约尔莱弗·赫劳兹马尔之子和因格尔弗·阿尔纳尔之子，他们是同母异父的兄弟。因格尔弗决定让神灵和当地的精灵带领他去寻找适合居住的地方，并令手下把放在他高座两侧的立柱扔进海里，这些柱子象征着他的权威和领导能力，因此，将柱子交予神灵显然是一种虔诚的行为。

这些柱子被水流冲得无影无踪，三年后才被找到。整整三年里，因格尔弗只能带着手下搭建临时住所，一面寻找柱子一面等待着，尽管实际上有很好的土地供他们定居。最后，他们在一块岩石岬角上发现了这些柱子，但这个地方似乎不太适合居住。即便如此，因格尔弗仍在此定居下来，并建立了一个定居点。这里后来发展成了今天的冰岛首都雷克雅未克。

另一方面，因格尔弗的兄弟约尔莱弗就没有那么幸运了。他只是简单地找了个看起来不错的地方，然后就在那里登陆了。最初的情况似乎很好，他们建立了一个定居点并开始耕种土地。然而，他们带来帮助建立殖民地的奴隶奋起反抗，杀掉了定居点里所有的人。

地精大多是小精灵。但是，冰岛得到了四个伟大精灵的保护，他们分别化身为雄鹰、巨人、龙和公牛，并带领其他地精对抗入侵

埃吉尔·斯卡拉格里姆松让地精帮他抵抗敌人。

者。这四个伟大的精灵分别守护着冰岛四分之一的领土。时至今日，冰岛的硬币上还可以看到这四个精灵。

对于其所在地区的丰饶和福祉来说，地精是必不可少的生灵。他们通常与某种特定的物品（如巨石）相关。他们可能是那些尊重他们的人的好邻居，但也可能会骚扰和伤害罪犯。冰岛英雄埃吉尔·斯卡拉格里姆松利用了这一点，他设置了一个魔法杆，以此来迷惑地精，让他们转而对抗他的敌人。

地精也可能会因为受到惊吓而四下逃跑或因其他方式而受到刺激。因此，船首形状像龙头的船只不得接近这里的陆地或进入港口，以防惊动地精。这一点出现在《殖民之书》中。这本书可能写于13世纪，记录了冰岛早期的历史。这也是"龙船"存在过的极少数佐证之一。

基督教取代古老的北欧宗教很久之后，冰岛人还在尊崇地精。时至今日，仍有一些特殊的岩石被小心地单独保存着。地精得到的并不是崇拜，而是好邻居应该得到的礼貌性尊重。显然，他们也愿意回敬尊重并迁就人类，与人类融洽相处。20世纪40年代，冰岛西南部的凯夫拉维克建造海军航空站期间，一个施工队队员梦见当地的地精要他们先不要移走他们打算搬离的某块巨石，好让地精有

上图　现代的冰岛硬币上仍然可以见到四个伟大的地精。他们是冰岛的守护者，分别化身为公牛、雄鹰、巨人和龙，可以唤醒其他精灵来帮助自己。

右图　根据传说，雷尼斯德兰加的玄武岩以前是名为斯凯苏德朗格、拉德朗格和兰哈马尔的巨魔，只不过被阳光照射后变成了石头。

足够的时间搬出去。他们答应了这个要求。后来,他们又做了一个梦,梦见地精找到了新家,这块巨石才被移走。

精灵和矮人

现在我们认为的生物之间有着明显的区别,很多奇幻故事中对"矮人"和"精灵"的设定极为相似,但实际上他们有明显区别。具体细节可能会有所不同,但我们通常会认为精灵是某种与自然和谐相处的魔法生灵,可能生活在森林里;而矮人则是生活在山下的吃苦耐寒的种族,善于创造魔法或工艺奇迹。这些结论源于北欧神话,但关于精灵和矮人的原始说法要比这复杂得多。

"光明精灵""黑暗精灵"和"矮人"是否与不同的群体有关,我们目前还不清楚。在那些原始故事中,这些不同群体的特征以及他们家乡的名称有时是相互混淆的。而且,北欧传说中的黑暗精灵和矮人很可能是同一种生物,甚至,被称为精灵或矮人的生物可能根本就不算是一个物种或种族。

正如约顿巨人在体形、外貌和能力上有着巨大的差异,而且可能被描述为一个神秘的或社会性群体而不是一个独立的种族或物种一样,某些有魔法的生物也被描述成了矮人或精灵。这并不是因为他们属于某个物种,而是因为他们拥有符合该群体一般特征的力量、态度和能力。也就是说,我们可以确定三个主要的群体:光明精灵、黑暗精灵和矮人。有些资料相互矛盾,但还是可以从中看出每个群体的大致情况。

从一些资料来看,精灵有制造和治疗人类的疾病能力,也愿意回报那些愿意祭祀和崇拜他们的人类。即使在古老的北欧众神被基督教众神取代之后,某些地方的人仍然在继续祭祀和崇拜精灵。虽然这种行为被大权在握的基督教定为非法,但没有停止,就如同对地精的尊重一直延续至今。也许,地精和精灵之间并没有真正的区别。

精灵和人类之间可能有其他交往,例如,创造半精灵的孩子,以及人死后有成为精灵或类似精灵的可能性,等等。然而,这可能

右图 矮人似乎经常与诸神打交道，且非常尊重诸神的力量。矮人应诸神的要求为他们制作了大量礼物，包括神拥有的所有魔法宝物。

是某些地区的人对其祖先的崇拜所导致的混乱。我们现在还不清楚，受人尊敬的祖先、兰德瓦提尔和精灵之间的界限在哪里，甚至是否存在这样的界限。

光明精灵

　　光明精灵约瑟法尔住在阿尔法海姆，那里靠近阿斯加德，环境优美。弗雷尔是阿尔法海姆的统治者，尽管他并没有明确表示自己是光明精灵的领袖。光明精灵似乎对众神非常友好，尤其对华纳神族。不过，这个神族在传说故事中并不活跃，似乎很喜欢住在阿尔法海姆，喜欢一切顺其自然。

光明精灵可能代表了一个比阿斯加德众神还要古老的神族，后来被阿斯加德众神取代了，这可能是移民导致的，人们把他们自己的神带进了斯堪的纳维亚半岛并逐渐主宰了这一地区。关于华纳神族也有同样的说法，考虑到光明精灵和华纳神族之间的相似性以及他们之间的密切关系，他们完全有可能都是神，只不过存在于不同的时期——旧神因新贵而被贬为了次要角色。也有可能是以光明精灵为代表的古老神族被华纳神族所取代了，后者的地位又因社会的变迁和武神的盛行而被降到次位，阿萨神族成为最高贵的神族。

> 光明精灵是会发光的生灵，"比太阳还美"。
> ——《散文埃达》

黑暗精灵／黑精灵

黑暗精灵可能就是偶尔被称为黑精灵的生物，尽管黑精灵一词也可以用来指代矮人。有迹象表明，黑暗精灵本身并不是黑色的，只是比光明精灵的肤色稍深一点，而且不会发光。黑暗精灵比光明精灵更调皮，更恶毒，而且被指责为引起噩梦的罪魁祸首——他们坐在熟睡的人身上，把可怕的想法塞进他们的脑海里。有人认为，黑暗精灵生活在斯华特海姆，也有资料称斯华特海姆是矮人的家园。很可能这两种生物都住在那里，或者说斯华特海姆的居民中包括一些可以被认为是黑暗精灵的生物和一些被归为矮人的生物。

杜尔加矮人（矮人）

相较于精灵，矮人在北欧故事中的地位更加突出。他们并不敌视众神，但有些神灵在他们手中遭遇了不幸的命运。参加巴德尔的葬礼时，矮人利特挡住了托尔的路，于是被愤怒的雷神踢进了火葬堆。利特似乎并没有做什么，却莫名其妙地惨遭如此下场。

有些矮人，如费雅勒和加拉尔，既贪婪又变态。他们为了获得克瓦希尔的智慧而谋杀了他，也许此举是可以理解的，这是由猖獗的贪婪所催生的可怕行为。然而，他们后来却无缘无故地杀死了约

上图 神与矮人并非一直和睦相处。这幅1878年的画作中所描绘的是惊恐万分的矮人逃离勃然大怒的托尔的场景。如图所示，托尔把矮人利特踢进了巴德尔的火葬堆，害死了他。

右页图 矮人尤其擅长制作金银制品。尽管他们在现代奇幻小说中通常被描述为贪婪的生物，但最初的神话里的矮人并不过分在意财富的囤积。

顿巨人吉灵，随后又杀了他的妻子，仅仅是因为厌烦她悲伤的哭泣声。不过，费雅勒和加拉尔只是个例。大多数矮人似乎都忙着自己的事，对那些不相干者并无恶意。

矮人生活在一个叫斯华特海姆或尼德威阿尔的地下王国，光明精灵生活在阿尔法海姆，黑暗精灵生活在斯华特海姆，人们对这样的说法深信不疑，但这可能过于简单化。这些群体之间的区别并不十分明确，不能"一刀切"。然而，人们一再指出，矮人是工匠大师，制造了那些了不起的魔法宝物，住在地下的矿井和洞穴里。正是因为他们非凡的制作能力，他们才有机会频繁地接触众神。

最初的四个矮人

并非所有的矮人都住在地下。尤弥尔被杀后不久，蛆虫从他的尸体里爬出来，变成了第一批矮人。最先出现的四个矮人，分别叫诺迪、桑德里、奥斯特里和维斯特里，接受了众神指派的任务，举起用尤弥尔的头骨化成的天空，并用自己的名字命名了宇宙的四个方位。

第四章
魔法生灵

工匠大师

在洛基剪掉希芙的头发后，托尔扬言要报复他。于是，洛基答应寻找能替换希芙的头发的东西。于是他向矮人中的工匠大师求助，要他们制造出既能取悦希芙又能安抚她丈夫的东西。矮人工匠伊瓦底按照洛基的要求用黄金做出了一顶假发，这顶假发一戴到希芙头

右图 矮人工匠勃洛克和艾提里兄弟试图超越其他矮人，为神制造作最好的礼物。他们最伟大的作品便是为托尔制作的神锤妙尔尼尔，尽管这把神锤因为洛基的捣乱而稍有缺陷。

上，就自动长到了她头上。他还为弗雷尔制作了魔法船斯基布拉尼尔，为奥丁制作了永恒之矛贡尼尔。

随后，洛基策划了一场竞赛。在这场竞赛中，矮人工匠勃洛克和艾提里（有说是辛德里）试图为诸神制造更好的礼物。他们为弗雷尔制作了一头名叫古林·波斯帝的金鬃野猪，为奥丁制作了魔法臂环德罗普尼尔，为托尔制作了神锤妙尔尼尔。尽管因为洛基的干扰，神锤稍有缺陷，但众神对这些礼物还是非常满意的。

工匠大师阿尔维斯想娶托尔的女儿斯露德。托尔根本不愿意把女儿嫁给他，于是要阿尔维斯证明自己有多睿智。尽管托尔不善思考，但还是设法让阿尔维斯喋喋不休地说了一个通宵。天亮后，太阳一照，阿尔维斯变成了石头。被太阳照射就会变成石头通常是巨魔的特征，但在后来的斯堪的纳维亚神话中，"巨魔"有时会与"巨人"混为一谈。

纳比和戴恩制作了弗蕾娅的坐骑——魔法野猪希尔迪斯维尼。洛基声称，这头野猪实际上是弗蕾娅的人类情人奥塔伪装的，但是

下图　洛基拿走了矮人安德瓦利的全部金子，唯独没有拿走那枚叫作安德华拉诺特的戒指。后来，洛基还想把这枚戒指占为己有。安德瓦利给这枚戒指施加了诅咒，于是，谁拥有这枚戒指，谁就会遭遇不幸。后来，矮人国王一家因此而家破人亡。

第四章
魔法生灵

这种说法是否是真的尚不得而知。这两个矮人还制作了一把受到诅咒的剑，名叫丹斯里夫。这是一把被赋予了强大魔法的剑，从未在杀死或残害目标的任务中失过手，但是，该剑一旦出鞘，就必须杀人，否则将无法返回剑鞘。

另外四位工匠大师叫阿尔弗里格、比林、特瓦林和格雷尔。他们制作了一条非常漂亮的魔法项链，名叫布里希嘉曼。弗蕾娅想要这条项链，便提出用金钱交换，四个矮人拒绝了这样的交换条件，但又表示，如果弗蕾娅愿意和他们每个人过夜，就把项链给她。

安德瓦利是另一位工匠大师，他制作了一枚与德拉普尼尔有着同样功能的戒指，名叫安德华拉诺特，每隔八个晚上就会复制出八个一模一样的戒指。安德瓦利住在瀑布之下，可以变成鱼。有一次，洛基需要用黄金来支付一笔"赎金"，便向海洋女神澜借了一张网，抓住了化身为鱼的安德瓦利。洛基带走了安德瓦利所有的金子以及那只戒指，但这个矮人给戒指施加了诅咒。谁拥有这枚戒指，谁就会遭遇不幸，其中包括矮人国王赫瑞德玛。

赫瑞德玛有两个女儿和三个儿子。女儿们名叫洛夫海德和林盖德，儿子们名叫法夫纳、奥托和雷金。奥托能够变成水獭。有一次，出门在外的托尔和洛基看到了变成水獭的奥托，洛基扔出一块石头，砸死了水獭。（这个故事看起来不像真的，因为这根本不像是洛基的恶作剧。）托尔和洛基当晚住在了赫瑞德玛家，并拿出那张上好的水獭皮向赫瑞德玛炫耀了一番。

赫瑞德玛当然很生气，立即扣住众神当人质，让洛基去拿金子来铺满整块水獭皮。洛基带来的物品中包含了那枚被施加过诅咒的戒指瓦里诺特。众神继续上路。诅咒很快就灵验了。法夫纳因为贪婪而发疯，并为了得到这枚戒指而杀了自己的父亲。

法夫纳与巨龙

法夫纳谋杀了父亲并逃到荒野后，因疯狂和贪欲而变成了一条巨龙。他不仅以极为恶毒的方式保护着自己的黄金宝藏，而且喷出有毒气体毒害这块土地。他的哥哥雷金派自己的养子西古尔德去刺

上图 在这幅图中，法夫纳被描绘成了一条巨蟒，而现代奇幻故事中通常将其描绘成带有翅膀的龙。

左图 得知养父雷金打算谋杀自己，西古尔德被迫杀掉了雷金。

杀这头野兽，为父亲复仇。雷金显然不是勇敢的矮人，因为他建议西古尔德挖一条壕沟，躲起来，埋伏在法夫纳前去喝水的路上，然后就自己逃走了。

奥丁也许看到了西古尔德身上潜藏的伟大之处，便假扮成一个过路的智者伸出了援助之手。他建议西古尔德多挖几条壕沟让龙血排走，以免自己被淹死在里面。然后奥丁就走了，留下西古尔德独自完成任务。西古尔德躲在壕沟里，看到法夫纳爬过去时，高举魔法剑格拉姆刺中了法夫纳。奄奄一息的法夫纳与他进行了一番交谈。回答关于他家人的问题时，西古尔德告诉法夫纳自己的养父是雷金。法夫纳警告西古尔德，雷金也会要他的命，还说他的黄金被施加过

右图 杀死法夫纳的说法有很多。在这个故事中，矮人们（可能是国王赫瑞德玛的亲属）走到了法夫纳尸体旁边，以确认这头巨兽真的死了。故事中的法夫纳是一条蛇，并非带有翅膀的龙。

诅咒。西古尔德表示他并不怕死，因为所有人都会死，而能在死前发一笔大财也很不错的。

西古尔德把金子带回去交给了他的养父，还带回了法夫纳的心脏，因为雷金想要吃掉这颗心脏。雷金计划谋杀西古尔德，把法夫纳的宝藏据为己有，但因为吸入了一些法夫纳的血，西古尔德能听懂鸟儿们的话，知道了这个消息，于是用他的魔法宝剑格拉姆杀死了雷金。

左图 奥丁的两只乌鸦尤金和穆宁，是两个独立的存在，也是奥丁本人的化身。它们的角色与其说是食腐鸟类，不如说是间谍或侦察兵，因为它们每天都飞出去，把外界的各种消息带给主人。

在北欧神话中占有重要地位的另一条巨龙名叫尼德霍格。它被困在伊格德拉希尔延伸至尼福尔海姆的那条树根下面，靠着啃噬树根和吸取尸体中的血来消磨时间。尼德霍格终于在"诸神的黄昏"之前争取到了自由。没有资料明确表示它参加了这场末日大战，虽然它吃掉了很多倒在战场上的尸体。

北欧神话中有许多蛇，其中最厉害的要数耶梦加德。这是一条体形庞大的毒蛇，而不是一条现代意义上的带有翅膀的龙。同样，现代奇幻故事和伪神话中的龙也并不是这类野兽出现的唯一模样。神话中关于龙的许多描述只提到它们是大蛇，不一定有翅膀，也不一定会喷火。

狼和其他生物

北欧神话中有几只著名的狼，有的邪恶，有的野蛮和危险。前者包括斯科尔和哈蒂·赫罗维尼松，这两个名字的大概意思是"背叛"和"仇恨"。这两头狼追赶着神马斯京法克斯和赫里姆法西——这两匹马分别拉着运送太阳和月亮的战车。当"诸神的黄昏"来临时，它们终将赶上并吞下太阳和月亮。这与其他神话故事中是芬里尔吃了太阳的说法相矛盾，但可能所有这些狼都是同一种邪恶力量的化身，或是芬里尔某些方面的化身。

格瑞和弗雷基是奥丁的狼。这两个名字的意思都是"贪婪"。但它们贪婪的原因不是邪恶，而只是因为饥饿。因为奥丁只需要葡萄酒和蜂蜜酒来维持生活，这两头狼便得到了献给主人的所有东西。格瑞和弗雷基这两个名字经常被游吟诗人用作"狼"的比喻复合词。

奥丁还有两只乌鸦：尤金和穆宁，这两个名字的意思是"思想"和"欲望"（或者"记忆"）。这些名字也被用作了比喻复合词，有时用来指代乌鸦，有时用来指代相关的主题，如腐肉或死亡。这两只乌鸦被奥丁赋予了说话的能力，每天都会飞出去，给主人带回各地的消息。它们也与死亡密切相关，这非常符合奥丁所扮演的"精神领袖"（精神向导）和至少部分亡灵的主神这一角色。

凡人

凡人在众神和约顿巨人的故事中几乎没有什么作用，尽管他们以各种各样形式出现。战士们死后，一部分亡灵前往瓦尔霍尔和福克温，其他的亡灵则前往海拉冥界。愤怒的亡灵是"诸神的黄昏"时洛基旗下的一部分战士。不过，尽管《埃达》和其他资料中出现过关于人类英雄的传说，但他们都是一些次要角色，几乎没有人直接充当主角，有的甚至没有名字。

阿斯克和恩布拉

阿斯克和恩布拉是最早的人类，是众神在杀死尤弥尔不久后用他们遇到的树木所创造出来的。奥丁、威利和维三位大神赋予了人类灵感、智慧和生命的温暖，给他们取了名字，还为他们创造了一个适合居住的家园——米德加德，并用尤弥尔的眉毛做成了栅栏，以保护米德加德不受巨人的骚扰。

里夫和里普特拉西尔

里夫和里普特拉西尔是最后幸存下来的两个人，或者可能是最早的两个新人类。关于他们有两种不同的描述：他们因躲在霍德尔米尔的森林里或得到了伊格德拉希尔的庇护而得以在"诸神的黄昏"中幸存下来。不过，这两种说法都是同一回事——全新的世界一旦出现，里夫和里普特拉西尔就能在新世界里繁衍生息。

瑟贾尔菲和罗斯瓦

在去往斯克里米尔城堡的路上，托尔和他的伙伴们在一户凡人家里住了一个晚上。托尔杀了他的魔法山羊坦格里斯尼和坦格乔斯特，以此让所有人有东西吃。只要山羊的骨头能够留在羊皮里过夜，它们就可以复活。但是，饥饿的瑟贾尔菲敲开了一根腿骨吮吸里面的骨髓，这使其中的一只羊瘸掉了一条腿。

作为对这一罪行的惩罚，托尔带走了瑟贾尔菲和他的妹妹，让他们做自己的仆人。瑟贾尔菲似乎一直是托尔的好伙伴，与他并肩作战，甚至杀死了黏土巨人莫库尔卡菲。

瑟贾尔菲在与赫莱西妇女的战斗中表现不佳。女人们袭击了托尔的船并连他的仆人一起带走了。在某个故事中，托尔讲述了他如何与这些袭击者搏斗。听到有人提醒他与女人搏斗是可耻的，托尔反驳说，她们是"母狼"，压根不能算是女人。由此可见，如果女人无视通常的一些规定，诸如禁止剪短发、禁止穿男人的衣服以及禁止舞刀弄剑，等等，那她们就别指望得到保护。

> 托尔带走了瑟贾尔菲和他的妹妹罗斯瓦，让他们做自己的仆人，以此作为瑟贾尔菲敲开山羊骨头的惩罚。

苏尔和玛尼

苏尔和玛尼是一个名叫蒙迪法里的凡人的孩子。这两个孩子的样貌十分出色，这位父亲便给他们取名为苏尔（太阳）和玛尼（月亮）。他的狂妄自大激怒了众神，众神便把这两个孩子放到天上。苏尔驾着一辆两匹马拉的战车，马的名字分别叫阿瓦克和阿尔斯文。

他得到了一块名为斯瓦林的盾牌来保护自己免受太阳的灼热。玛尼的战车只有一匹马拉。他从地上偷了两个正在打水的孩子，给他们取名叫希巨基和比尔，并让他们帮忙驾驶战车。

狼群一直在后面追赶着苏尔和玛尼的战车。几乎每个月，狼群都会追上来，并设法在月亮上啃咬几口。然而，玛尼每次都能逃走，让月亮又长回到原来的样子。当"诸神的黄昏"来临时，狼群终于追上来并吞下了太阳和月亮。

斯莱普尼尔和其他马

奥丁的马斯莱普尼尔据说是最好的马。它有八条腿，可以沿着伊格德拉希尔的树干从一个世界跑到另一个世界。因为这种能力，他把霍德尔带到了海姆冥界，去请求海拉释放巴德尔，还在许多故事中为奥丁提供了各种服务。斯莱普尼尔的来历是个相当复杂的故事。

因为阿斯加德的城墙在华纳神族和阿萨神族的战争中被摧毁，如果巨人从米德加德的方向攻打过来，那么众神的家园就危在旦夕。诸神对此十分担心。所以当一位建筑大师找到他们并提出要建造新的防御工事时，他们欣然同意了。这可能有点不明智，因为这个建筑工本身就是一个约顿巨人，而且向诸神提出了很高的要求——他提出要太阳、月亮和女神弗蕾娅做他的妻子。

弗蕾娅一点也不愿意，众神似乎也都反对让任何女性神灵嫁给约顿巨人。另外，他们有资格把太阳和月亮赠送出去的权力吗？如果他们必须履行协议，那又会产生怎样的后果呢？

然而，洛基建议诸神先把事情答应下来，告诉对方他会得到想要的报酬，但前提是他能在冬天结束前完成阿斯加德的防御工事，而且不能借助于任何人。

尽管这显然是一项不可能完成的任务，这位约顿巨人还是同意了，并开始工作。诸神以为他们达成了一项稳赚不赔的交易，但当他们看到这位约顿巨人的工作进展神速时，他们很快又开始忧心忡忡了。约顿巨人确实没有假手他人，只用了一匹名叫斯瓦迪尔法里的神马帮助他干活。冬天还有三天就要结束，工作也快完成了，诸神意识到他们可能要履行协议，除非能想到办法放缓约顿巨人的建造进度。

众神把矛头转向了洛基，指责他做了坏事，要他想办法阻止约顿巨人使其不能按时完成防御工事。如果做不到，就要拿命来抵。洛基认为，既然大部分工作是这匹公马在做，那就得让他分分心。当约顿巨人和他的助手斯瓦迪尔法里在外面收集石头时，他们遇到了一匹母马，公马一下子就被这匹母马吸引了。这匹母马就是洛基变的，他勾引公马，让它在后面追了很久，还与它厮守了很长时间，

上图 奥丁的马斯莱普尼尔是在非常奇怪的环境下孕育出来的魔法生物。它的好几个孩子都成了凡人英雄的坐骑，并在奥丁的旅途中证明了自己是他的忠实伙伴。

北欧神话图鉴

最终让它耽误了工作。

冬天结束时，阿斯加德的城墙只差城门上几块石头了，但巨人的任务还是失败了，诸神也不必履行他们的诺言。他们也不再受制于曾经发出的誓言——绝不在工程进行期间伤害巨人。因为巨人不再受到保护，所以杀了他也没问题。于是，托尔立刻杀了他。

与此同时，洛基怀上了斯瓦迪尔法里的小马驹。这就是斯莱普尼尔，这个名字的意思是"滑动"，它是世界上最好的马。凭着斯莱普尼尔，奥丁在比赛中击败了巨人赫朗格尼尔和他的古尔法西，赢得了一个重要的奖品——失败者的首级。

斯莱普尼尔生了好多上等马驹，比如英雄西古尔德的坐骑格拉尼。奥丁亲自帮助西古尔德俘获了格拉尼，并告诫他要好好照顾他的新马，因为这匹马将成为最好的坐骑。这毫不奇怪，因为这匹马是有魔法的公马和约顿巨人兼阿萨神洛基的后裔。洛基是奥丁的结拜兄弟，也是奥丁的坐骑的母亲，所以，我们可以把斯莱普尼尔看作奥丁的侄子。由此可见，神话是多么神奇呀！

左页图 为了请求海拉释放巴德尔，斯莱普尼尔把霍德尔带到了海姆冥界。即使是神也无权命令海拉释放一个死人，但是如果她愿意的话，她可以放了巴德尔。

下图 在洛基化成的母马的勾引下，公马斯瓦迪尔法里丢下了工作，追在母马后面跑。如此一来，斯瓦迪尔法里的主人不但未能完成任务，而且丢了性命。

Óðinn Huginn Kóngur Muninn

Geyr Gugn

hrafnar
ur sitia
øxlum
nt hey
hugin
nunin
ra ho
prict
all
in

Oðin
byrtist
tydum i
blase
kottre
hecklu
t hafdi
stund
um ge
yr. Stu
ndu stap
i hendi
mad si
idan
hatt á höpdi
p. Sid hn
Sidhöttu

Ha Kymid
nttafey
rgar naa
piodir
ur dyrka
ná Mey
m aunu
villu stó
padur
urd Gop
t Opni
nydad.

第五章

《埃达》

我们今天所了解的北欧宗教和神话故事大多来自《诗体埃达》和《散文埃达》，或有关凡人英雄和著名人物的传奇故事。我们对于北欧神话的认知大多是根据这些文进行推理构建而成的，而非这些文献直接陈述出来的。

例如，在某些情况下，文献中明确陈述了一些问题，比如，哪个神是哪个神的父亲，但在多数情况下，文献中的某个比喻复合词或某个典故似乎只暗示了某种关系或情况。有时，不同文献中关于某个主题的典故自相矛盾，令人费解；有时，不同的诗歌或故事所揭示的"真相"截然不同。例如，阿萨神汉尼尔在某个故事中似乎能力超凡，在另一个故事中却愚蠢至极——如果没有密米尔，他连最简单的决定也无法做出。同样，来自不同地区的故事可能会出现名字完全不同但似乎指的是同一个角色的情况；或者在某个故事中被奉为神明的某个角色在另一个版本中却成了国王或公主。这些版本都没有错——每个故事所呈现的都是它原本的样子，之所以出现了各种各样的问题，只是因为我们现在想要追求一种统一的北欧神话。

《诗体埃达》

《诗体埃达》，也称"老埃达"，是一部古北欧的诗歌总集，编撰于中世纪的冰岛。书中收集的诗歌主要源自《雷吉乌斯经典》（即《王者之书》）。《诗体埃达》虽然早在13世纪就已编撰成书，但直到17世纪中叶才重见天日。当时，斯考尔霍特大主教吕恩约尔

左页图　图中是中世纪版本的《埃达》中的奥丁。奥丁的武器很老式，看起来更像一把大刀，而不是维京人的直刃剑，这更符合"众神之父"的形象。

理解古北欧诗歌

《散文埃达》似乎是为了理解古北欧诗歌中的神话、比喻复合词和语言风格而创作的，也是《诗体埃达》中故事的叙事版，由序言和三个正文部分组成。第一部分是"欺骗古鲁菲"，是伟大的北欧神话汇编，讲述了世界的创造和它在"诸神的黄昏"的毁灭。第二部分是"诗歌语言"，采用北欧诗神布拉吉和居住在阿斯加德的巨人埃吉尔之间对话的形式。这部分包含了更多的神话和故事，但也涉及诗歌的本质，并列出了一个比喻复合词的名单。最后一部分"诗体通论"是斯图鲁松自己创作的，意在展示北欧诗歌的规则。

《诗体埃达》中的比喻复合词比吟唱诗歌中的比喻复合词更简单易懂。

逊·斯文逊发现了该书的手抄本。1662年，他把这部作品作为礼物赠予丹麦国王。这本书从此有了现在的书名，并一直保存在哥本哈根皇家图书馆，直到1971年才回到冰岛。

顾名思义，《诗体埃达》是一部押头韵的诗歌作品。这些故事在被记录下来之前，以口头形式流传多年。这种韵文形式有助于背诵，也便于检查是否存在错误——如果某个部分不押韵，就说明记录可能有误。读者通常可以根据上下文、对故事内容的模糊记忆以及韵律知识重建被遗忘的片段。我们可能会因为诗歌中的某些比喻复合词而感到困惑。不过，《诗体埃达》中的比喻复合词比吟唱诗歌中的更简单易懂。

《散文埃达》

尽管早在《诗体埃达》之前，《散文埃达》就已为众学者所熟悉，但《散文埃达》实则是更为晚期之作，因而有时又被称作"新埃达"。人们普遍认为，《散文埃达》是冰岛学者斯诺里·斯图鲁松在1220年左右创作而成，但幸存下来的手稿都是后来的手抄本。这些手抄本都不完整，而且现存版本之间也多有不同。其中，《雷吉乌斯经典》保存最完整，手抄本《厄普萨利斯》和《沃曼尼乌斯经典》也保存完好。更早的《特拉菲努斯抄本》是17世纪的人抄写而成的，此外，还有3个中世纪的残本。

《散文埃达》的序言试图将北欧神话扭曲成一部古代世界历史。根据它的说法，被视为北欧诸神的那些人物源于特洛伊，并利用他们的先进知识成为北欧原始部落的统治者。凡人奥丁接管现在的德国，在此建立一个王朝，并让他的儿子们统治法兰克人、丹麦人和其他诸多民族。据说，"Aesir"（阿萨）一词源自词组"亚洲男人"这一表达方式。

我们不清楚《散文埃达》的作者为什么要进行这样的解释，但他很可能是为了规避来自基督教当权者的麻烦。在《散文埃达》问世的时候，基督教对其他宗教信仰并不特别宽容，因此，一本关于异教徒所信奉神灵的书可能会给作者带来麻烦。但是，如果出版一本把异教徒的信仰解释成仅仅是源自错误记忆的民间故事书，就要安全得多，即使书中正文讲述的故事并没有什么不同。

《散文埃达》的第一部分是"欺骗古鲁菲"，讲述了古鲁菲国王（已知最早的瑞典统治者）如何上当受骗从而将阿萨神族视作神灵的

上图 目前幸存下来的《散文埃达》只有几份抄本，而且不完整。图中所示为已知的最古老的抄本。该抄本可以追溯到"维京时代"结束很久之后。

右图 在"欺骗古鲁菲"中，古鲁菲分别向"高者""同样高者"和"第三高者"提问。奇怪的是，"高者"的宝座最低，"同样高者"坐得稍高，第三高者却坐得最高。

左图 斯诺里·斯图鲁松广受指责，因为他在编撰《埃达》时杜撰了部分情节，并用基督教思维讲述北欧故事。然而，如果没有他，我们对北欧神话的了解会更少。

故事。这些阿萨神族原本是《散文埃达》序言中所描述的凡人奥丁的追随者。古鲁菲乔装打扮，化名甘勒里，拜访阿萨族，问起了他们的宗教信仰，然后得知了一切。根据这种说法，阿萨族只不过是试图让古鲁菲国王相信他们是神，但他们不过是凡人罢了。如此一来，斯诺里·斯图鲁松既能好好讲述古老的北欧故事，又不用担心当权者来找麻烦。

斯图鲁松用古老的诗歌重建北欧神话，并以他早期基督教学者的思想对其进行了过滤。因此，他编出的北欧神话是不完整的，甚至是扭曲的，还有一些情节是他自己杜撰的。我们今天所了解的大部分北欧神话都来自这些文献，但一个9世纪北欧人对他们的神的信仰很可能并不是我们所想的那样。尽管斯图鲁松对北欧神话的处理方式饱受非议，但他讲述的那些故事仍然是我们了解北欧神话的最佳资料，他为保存这些古老传说所做的一切都是值得称赞的。

第二部分"诗歌语言"很可能就是把《散文埃达》当作一种理

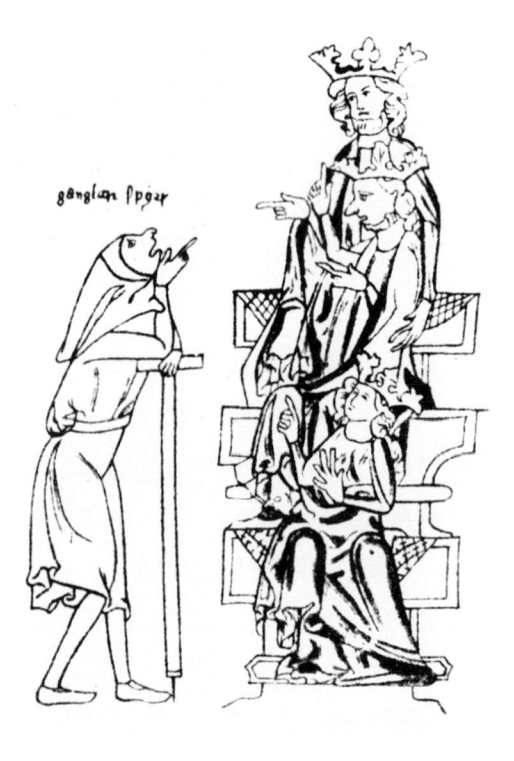

解古北欧诗歌的工具而创作的。这部作品创作之时，受基督教学术的影响，古老的北欧诗风正逐渐消亡。斯诺里·斯图鲁松在这部作品中呈现了古北欧诗歌的文体和语言。他在这部作品中的创作风格会让人联想到北欧诗歌的风格——诗神布拉吉与阿斯加德的约顿巨人埃吉尔之间的对话。因此，该书在很大程度上是对古北欧诗歌风格的解释，也是古北欧式诗歌的指南。

第三部分"诗体通论"展示了各种北欧诗歌风格。这部作品由若干部分的诗歌组成，并附有韵律注释及头韵和押韵的使用规则。这是斯图鲁松重建古北欧诗歌风格的尝试，但他也注意到，他提出的规则并不总是为古北欧诗人所遵循。这本书是在冰岛语言发生变化的时候写成的，这种变化可能会导致许多诗歌传统的丧失，也可能会使这些传统对新一代北欧人而言变得毫无意义。因此，斯图鲁松试图把严格遵循创作规则的例子和一系列关于如何以正确形式创作诗歌的指导原则结合起来，以保存古老的北欧诗歌的创作方式。

《散文埃达》的素材大多来自《诗体埃达》。尽管作者试图以一种合理的方式将北欧神话扭曲为特洛伊征服者的故事，但《散文埃达》在诸多方面确实与《诗体埃达》十分接近。

《埃达》中的诗歌

《诗体埃达》包含大量不同风格的古北欧诗歌，这些诗歌保存了古北欧关于神、巨人和怪物的传说。

《女先知书》

《女先知书》既是《埃达》中第一首诗，又是关于世界的创造与毁灭的诗歌中最广为人知的一首。"Voluspa"的意思是"女先知"，因此，这首诗的标题可理解为"女先知的预言"。值得注意的是，女先知一开始就要求海姆达尔的儿子们——也就是人类——静心倾听。由此可见，海姆达尔曾被认为是创造人类的功臣，尽管在后来的神话中，奥丁才是创造人类的功臣。按照《女先知书》的说法，使世界从海洋中升起的是几位"博尔之子"。

上图 图中这个版本的《埃达》创作于1666年。比斯诺里·斯图鲁松的创作时间晚了四百多年。这些插图中所展示的是中世纪或文艺复兴时期的风格，而不是为了保留原作的精神。

这种表述已经完全否定了原著的描述：博尔是布里的儿子，也是奥丁的父亲。所以这显然是指奥丁和他的同伴们创造了世界。这首诗不但详细叙述了众神如何创造矮人，并列出了许多矮人的名字，还讲述了诸神和平而幸福地生活，直到古尔维格到来。她为阿萨神族施展塞德尔魔法，使他们误入歧途。后来正是对她的谋杀引发了阿萨神族和华纳神族的战争。

这首诗还描述了巴德尔的遇害，这是北欧神话中的关键事件，这件事引发的一连串事件导致了"诸神的黄昏"。《女先知书》也记录了最后的战斗，讲述了奥丁和托尔的死亡和新世界的诞生，还谈到了如何看待巨龙尼德霍格，这暗示着，新世界并非一切都很美好。

下图 一位伏尔瓦或"女先知"极不情愿地告知奥丁许多未来会发生的事情：他和托尔将在"诸神的黄昏"中死去。得知世界会重新焕发生机，他的儿子们也会活下来，奥丁也许会稍感安慰。

《高人的箴言》

《高人的箴言》实际上是一本涉及各种主题的诗集。诗歌第一节讲述《高人的箴言》，是奥丁劝诫世人为人处世的睿智之语，也是这本诗集中最杰出的诗歌。

奥丁以其智慧提出了对待生活的概括性建议。他说，虽然财产不能常有，且人皆有一死，但有一样东西永不褪色，那就是对死者的评断。简言之，那些赢得赞誉的非凡事迹比财产更重要，并在世俗财产变得毫无意义之后万古长存。他说，高贵的人在任何境况下都不妄言，且深思熟虑、勇敢无畏，还要积极乐观、慷慨大方。

奥丁建议，想要在与他人饮酒时得到同伴的认可，就应该按照自己的酒量量力而行，再把酒杯亮出来，谨言慎行，或者什么都不说。他还指出，哪怕看起来毫无坏处，也不要过度寒暄，更不要嘲笑别人。他还谈到了过度信任可能造成的危害。

奥丁警告说，把每个面带微笑奉承自己的人都当作朋友，那实非明智之举。不过，他还谈到了朋友的价值，认为朋友之间应平等相待，平等地分享礼物和快乐。奥丁说，这些礼物不一定要很珍贵，比如他自己就用半个面包和一壶酒赢得了许多朋友。

奥丁还提出了关于生存的建议，他告诫出门在外的人千万别忘了自己的武器，随时要把武器带在身边，以防不时之需。他还建议旅行者在进入房间前要先侦查一番，以防有人偷袭。接下来，他又谈到了女性的话题，警告说女性普遍存在不贞问题。

这样的话语来自奥丁，多少显得有点虚伪，因为在接下来几个诗节里，他明确说到自己如何勾引比林的女儿，从而成功得到"诗歌的灵酒"。在这个故事中，他承认自己利用了灵酒守护者——女巨人冈洛德的感情，并对她付出的真情给予了无情的回报。这大概是指奥丁把她抛在身后，让她独自面对离别可能给她带来的所有悲伤，以及灵酒的主人——她的父亲苏图恩——的愤怒。

在下一节中，奥丁提出了一些生活准则。这些准则大多与奥丁之前的言论相呼应。他建议男人们不要幸灾乐祸，也不要嘲笑访客。奥丁说，人都需要可以倾心相诉的朋友，没有朋友的生活将很糟糕——割裂友谊的纽带最终会伤害到割裂友谊的人。他还警告说，善变的吹捧者根本不是朋友。

奥丁明智地告诫人们，不要为自己以外的任何人做鞋或柄（可能是箭或矛柄），因为给别人做的有缺陷的鞋子或弯曲的柄可能会引起不适。广而言之，这似乎是在告诫人们，不要替他人承担任何关键任务，因为对失败或不良结果的指责可能会引起敌意或诅咒。

在下一节《鲁纳塔》中，奥丁讲述了他如何用剑刺穿身体，在世界之树伊格德拉希尔上挂了九天九夜，才学会如尼文，掌握其魔法，从而获得更大的智慧。然后，他列出自己从"博尔颂之子"那里学到的魔法歌曲。博尔颂是奥丁的母亲——原始巨人贝斯特拉的父亲，所以这里其实只提到奥丁的舅舅，而这位舅舅可能就是密米

"一个男人应该适当说话或不说话。"
——《女先知书》

尔。奥丁在这一节中宣扬他的歌曲，称其为"Ljodatal"的力量。他的歌曲可以使剑变钝，可以治愈病人，可以使飞行中的箭停住，甚至扭转诅咒，使诅咒最终应验到实施诅咒的人身上。

《巨人瓦夫苏鲁特尼尔之歌》

《巨人瓦夫苏鲁尼特尔之歌》采用了对话形式，以奥丁和弗丽嘉之间的对话开篇。尽管弗丽嘉告诉奥丁，瓦夫苏鲁特尼尔是最强大的巨人，前去拜访他对奥丁而言会极其危险，但奥丁依然无视弗丽嘉的建议，执意前往瓦夫苏鲁特尼尔的住所。

乔装打扮后的奥丁，化名加格纳诺，受到瓦夫苏鲁特尼尔的热情招待，然后提出挑战，要和对方比赛看谁更聪明，谁输了就交出自己的项上人头。比赛中涉及的问题及答案都揭示了很多关于北欧宇宙学的知识，例如世界是如何从尤弥尔的身体中创造出来的，为什么会存在白天和黑夜，等等。在这场极为漫长的比赛中，两人展

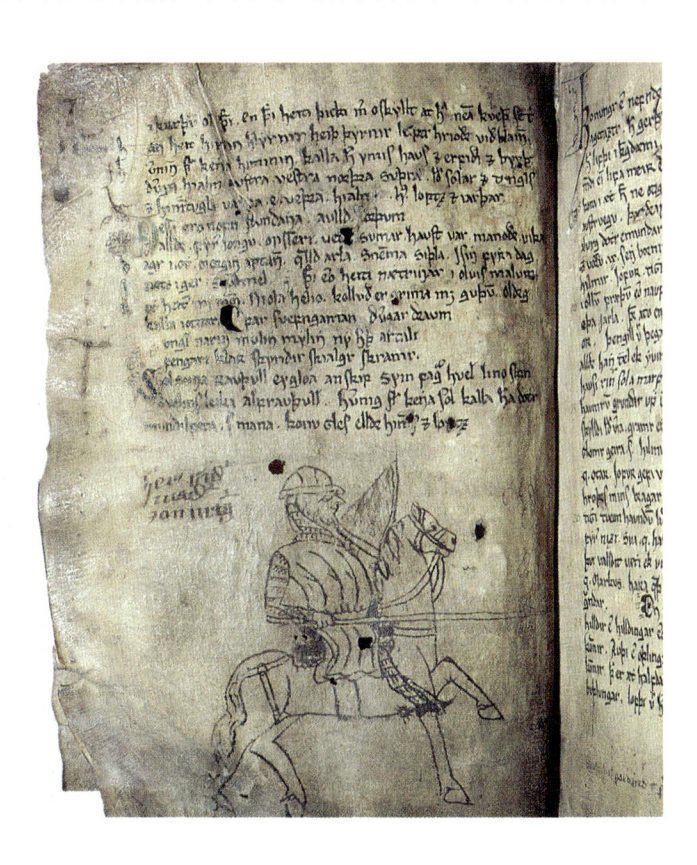

下图 《埃达》中许多插图都显示出基督教对世界的影响。这些插图创作于中世纪甚至文艺复兴时期，而且往往体现了那个时期的风格，而非对原著中相关主题的准确表达。

下图 格里姆尼尔坐在两个火堆之间忍受折磨，盖罗德国王希望以此逼迫他说出自己的真实身份。

示了各自对世界和世界上的生物以及"诸神的黄昏"的了解。然后，奥丁提出了一个瓦夫苏鲁特尼尔无法回答的问题："在巴德尔的葬礼上，奥丁在死去的巴德尔耳边低语了什么？"这个问题的答案只有奥丁本人才知道。这时，瓦夫苏鲁特尼尔才意识到，他的客人正是伪装的奥丁，自己在这场比赛中必输无疑。他承认奥丁是最聪明的人，之后便听从了命运的安排。

《格里姆尼尔之歌》

《格里姆尼尔之歌》与其他诗歌有所不同，因为它的开头和结尾都有大段散文。这可能是后来添加上去的，目的是帮助读者理解故事情节。这首诗的叙述者是一个名叫格里姆尼尔的人，他其实是伪装的奥丁。

这是奥丁和弗丽嘉的对话引起的。不知出于什么原因，他俩此前曾乔装打扮去照料国王赫鲁松的两个孩子，奥丁指导的盖罗德在其父亲去世后成为新的国王，而弗丽嘉负责培养的哥哥阿格纳现在正住在一个山洞里。

奥丁说他支持的对象做得比阿格纳好得多，但弗丽嘉说盖罗德根本不是个好国王，只要客人一多，盖罗德就会习惯性地折磨他们。这件事性质恶劣，因为传统的北欧社会希望客人受到保护，并尽可能得到最好的款待。听了弗丽嘉的话，奥丁决定亲自去一探究竟，他乔装打扮后前往盖罗德皇宫。然而，弗丽嘉派了一个信使警告盖罗德：一个打算让他生病的魔法师正在前往盖罗德皇宫的路上，但这位魔法师很容易被认出，因为没有狗会攻击他。于是，奥丁一到那里就被认出来了，然后被要求坐在两个火堆之间，逼迫他说出自己的真实身份。这首诗就是从这里开始的。

在这首诗中，奥丁没有向读者表明身份，以格里姆尼尔的身份发表了一个演讲，介绍了宇宙学、世界的本质和有关奥丁的各种事情，把祝福送给了盖罗德的儿子阿格纳（不知为何，盖罗德的儿子与盖罗德的哥哥，即弗丽嘉的扶持对象都叫阿格纳），因为他是唯一给他端酒的人，并声称阿格纳将成为国王。

让我们回到诗歌后面的散文部分，故事结尾给出了如下启示：格里姆尼尔实际上就是奥丁。盖罗德因为折磨了众神之父而吓坏了，在试图松开奥丁的时候被自己的剑刺穿了膝盖，这应验了奥丁之前的预言，于是，盖罗德的儿子成了统治者。

> 想知道他是谁很容易，
> 因为奥丁走过来，
> 看到大厅
> 椽为矛，
> 顶为盾，
> 胸甲散落长凳上。
>
> ——《格里姆尼尔之歌》

《斯基尔尼之歌》

《斯基尔尼之歌》讲述了弗雷爱上约顿女巨人吉尔达的故事。弗雷的仆人斯基尼尔看到主人相思成疾痛苦不堪，便请求前往约顿海姆，向格尔德求婚。斯基尼尔到了吉尔达父亲的大厅后，试图说服她嫁给弗雷。在这个故事的某些版本中，吉尔达并没有受到任何强迫，自愿嫁给弗雷；而在另一些版本中，她是受了可怕的威胁之后才同意嫁给弗雷的。斯基尼尔威胁要把她变得奇丑无比，并且终身不能嫁或只能嫁给丑陋的三头巨人。吉尔达最终同意嫁给弗雷，并约定九天后在绿地蒲利里跟他见面。弗雷随即哀叹：一天已太久，九天简直没法忍受。

上图 图中所示是冰岛的托尔青铜雕像。托尔最终取代奥丁成为最受北欧人崇拜的神灵。随着时间的推移，在北欧神话故事中，托尔可能逐渐被当作了世界的创造者或尤弥尔的杀戮者。

《哈尔巴德之歌》

《哈尔巴德之歌》讲述了托尔遇到一个名叫哈尔巴德（意思是"灰胡子"）的渡船人的故事。有人认为神秘的渡船人实际上是洛基；但是，人们普遍接受的说法是，神秘人是乔装打扮的奥丁。

托尔从约顿海姆回家的途中遇到一位渡船人，他对托尔的态度十分粗鲁，一幅不屑一顾的样子，还假装把托尔误认为是农民，并对托尔的衣着品位大肆侮辱了一番。托尔威胁说，如果渡船人不肯摆渡，就让他吃不了兜着走。渡船人反驳说他并不害怕，还说托尔在杀死约顿巨人赫朗格尼尔之后，再也没遇到过强劲的对手。

两人随后吹嘘各自在爱情和战争中的丰功伟绩，要对方说说，当自己在战场上屠杀巨人、赢得胜利时，对方在做什么？托尔夸耀他曾如何勇猛地暴打赫莱西的女战士，哈尔巴德说这是不光彩的，因为伤害女人是被禁止的。托尔回答说，她们更像是母狼，而不是女人，而且他的仆人当时正处于危险之中。

哈尔巴德接着声称托尔的妻子希芙不忠，所以托尔应该找妻子的情人决斗。哈尔巴德拒绝了托尔的要求，不肯摆渡他过河，但同意告诉他另一条既困难又危险的回家之路。托尔临别时威胁对方说，如果再次见面，一定让渡船人好看，因为他不同意为其摆渡。渡船人也大声诅咒了托尔。

像许多北欧故事一样，这个故事虽然乍看之下似乎毫无意义，却间接讲述了托尔和奥丁的伟大事迹。辱骂对方并使敌人气急败坏只是一种策略，目的是为了建立一种自夸和互夸的叙述方式。

《巨人希米尔的歌谣》

《巨人希米尔的歌谣》讲述了托尔如何钓到了巨蟒耶梦加德并偷走希米尔的大锅的故事。这件事的起因是埃吉尔和澜准备了一场盛宴，但他们需要一口大锅，用来酿造出足够所有神明饮用的蜂蜜酒。众所周知，为人慷慨的埃吉尔经常举办盛宴，款待诸神。他确实需要一口非常大的锅，而唯一符合要求的那口锅在希米尔手中。虽然他看起来并没有与诸神交恶，但也没有埃吉尔夫妻那么友好。

不幸的是，那只大到足以为所有神酿造麦芽酒的大锅刚好归希米尔所有。

托尔主动请缨去找希米尔索要那口大锅。希米尔对托尔很友好，宰了三头牛招待他，没有指责他胃口太大，吃得太多。不过，托尔第一顿饭就吃掉了两头牛，使得希米尔既沮丧又恼火，还说他们必须去钓鱼才能得到更多的食物。他没有给托尔任何鱼饵。事实证明，这是个错误的决定。希米尔让托尔去找些东西作诱饵，于是托尔砍掉了希米尔最大的那头牛的头。两人带着牛头来到海上，很快就钓到两头鲸鱼。希米尔很高兴，但托尔擅自把船划到大海深处。希米尔惊慌失措，并提醒托尔，他的敌人——耶梦加德——就在这片深海里。托尔不听劝阻，抛出鱼钩，想要抓住这条巨蟒。

耶梦加德上钩了，托尔开始往回收线。经过一场惨烈的搏斗。托尔双脚砸穿了船底，才最终把耶梦加德拉起来。他伸手去拿锤子，想把它打死，但希米尔割断了线，因为他怕一旦托尔杀死了他的宿敌，"诸神的黄昏"就会来到。

耶梦加德就这样逃脱了。托尔气得把希米尔扔进海里，然后划着船回到了岸边。在他返回埃吉尔的大厅时，后面追着一群多头巨人，他用自己的神锤妙尔尼尔杀死了这些约顿巨人。托尔带回了装蜂蜜酒的大锅和钓到的鲸鱼，诸神就可以享用盛宴了。

下图 这块石雕描绘了托尔和希米尔在海上钓鱼的故事。托尔成功地钓到了耶梦加德，还差点杀死了他，但倘若他真的做到了，会有什么后果？我们不得而知。

《洛基的吵骂》

《洛基的吵骂》所叙述的事情发生在埃吉尔主持的另一场盛宴上。除了托尔之外，其他许多神都在场。洛基在宴会上被一位仆人冷眼相待，他便杀掉了这位仆人，也因此被赶离宴会。随后，他又偷偷溜回来，逼问另一个仆人众神正在聊什么。

尽管不受欢迎，洛基还是厚着脸皮参加了宴会，并要求别人热情款待自己。因为奥丁曾发誓与洛基有酒共饮，洛基便利用这个誓言逼迫众神，众神只好让他留下来，但他马上又开始惹是生非，不停指责众神胆小懦弱、拈花惹草。最终，托尔赶过来，扬言要杀了他，洛基才不得不离开了宴会。

这首诗的结尾附有一段散文，详细描述了洛基被囚禁在山洞里的情形，但没有交代清楚洛基被囚是在这场宴会结束的时候还是别的时候。

《特里姆的歌谣》

《特里姆的歌谣》讲述了约顿巨人特里姆偷走妙尔尼尔的故事。值得注意的是，在这个故事中，洛基帮忙解决了一个并非他自己引起的问题。这足以证明，洛基不但是阿萨神族中有用的成员，而且是必不可少的成员，至少他在这次事件中帮忙夺回了妙尔尼尔。有一次，托尔一觉醒来后发现妙尔尼尔不见了，他非常生气。托尔在阿斯加德和米德加德四处搜寻，但到处都找不到他的锤子，便去找洛基帮忙。洛基又向弗蕾娅求助，随后便身着鹰羽斗篷飞到约顿海姆。在洛基的追问下，约顿巨人特里姆终于承认自己把妙尔尼尔藏在地下12.8千米的某个地方。

洛基找到了锤子的下落，还带回特里姆的话——他要娶女神弗蕾娅为妻，以此作为归还神锤的条件。弗蕾娅根本不同意下嫁特里姆，并且对此感到极为气愤，气得连项链布里希嘉曼都从她的脖子上崩坏，她的宫殿也被她的愤怒震得摇摇欲坠。

此时海姆达尔提出，不妨设置一个骗局：让托尔穿上婚纱代替弗蕾娅去往特里姆的宫殿，再让洛基作为伴娘一同前往。托尔听后

"你愿意吗，
弗蕾娅，
把你的羽衣借给我
让我去寻找
我的锤子？"
——
《特里姆的歌谣》

很生气，说穿婚纱会令他丧失男子汉气概。但洛基这次很理智，尽管更有可能的是这个主意逗乐了他。他指出，如果拿不回妙尔尼尔，阿斯加德将被约顿巨人攻陷。

对于假扮女人这件事，托尔真是不在行：面前摆着一桌子供女人享用的美味，"新娘"却喝了三大桶麦芽酒，吃了一头牛和八条鲑鱼。面对特里姆的疑惑，洛基赶紧说，因为婚礼在即，"新娘"实在太兴奋了，八天都没进食，所以她实在太饿了。特里姆不再怀疑，

左图 当伏尔隆德寻找他的瓦尔基里妻子时，尼德乌德国王不但抢走了他的财宝，还挑断了他的脚筋，并将人关了起来。其后，伏尔隆德向尼德乌德国王的家人实施了可怕的报复。

但托尔对此并不满意。然后，特里姆试图亲吻他未来的新娘，但看到托尔怒火中烧的眼睛又退了回去。洛基不得不再次解释，说"新娘"已经八个晚上没睡觉了，故而兴奋之情溢于言表。特里姆也接受了这个蹩脚的借口，命人将妙尔尼尔送进大厅，并将其放在"新娘"腿上。这是他送给"新娘"的新婚礼物。托尔曾用锤子为许多婚礼祝福，这次却没有。他一拿到妙尔尼尔，就开始大杀四方。在杀死了特里姆和他的亲属之后，托尔带着神锤和洛基一起返回阿斯加德。

《伏尔隆德短曲》

《伏尔隆德短曲》似乎源于"维京时代"之前的日耳曼神话，可能最早不是出现在斯堪的纳维亚半岛，而是出现在其他地方。由于现存大部分文本都晦涩难懂，所以我们很难再现这首诗所讲述的故事。

《阿尔维斯之歌》

这首诗是聪明的矮人阿尔维斯和托尔之间的对话。阿尔维斯前来求娶托尔的女儿斯露德。托尔不肯把女儿嫁给他。但是，托尔在这个故事的做法更像是奥丁的行事风格，而不像自己一贯的做法。托尔表示，如果阿尔维斯能够答出所有关于宇宙的问题，就可以娶斯露德为妻。

托尔的问题都是关于不同生物群体对同一物体的称呼。原来，精灵、矮人、约顿巨人、众神和人类对月亮、太阳、天空和其他宇宙天体的称谓各不相同。阿尔维斯的回答是对斯卡尔迪克诗人所使用的一些比喻复合词。

最后，阿尔维斯的智慧全无用武之地——托尔想方设法让阿尔维斯说了一通宵的话，最后，天亮了，太阳的光芒把阿尔维斯变成了石头。这不是托尔处理问题惯用的方式，如果他对追求者不满意，托尔通常是怒吼着把人赶跑，或干脆一锤子砸死他。

上图 聪明的矮人阿尔维斯求娶托尔的女儿斯露德。

曾一度被归类为精灵的伏尔隆德是一位伟大的工匠，他和两个兄弟在打猎时遇到了诺恩三女神，其中至少有两个是国王的女儿。三兄弟各娶一个瓦尔基里为妻。他们在一起快乐地生活了七年。后来，瓦尔基里飞回去履行她们的职责。于是，三兄弟也在妻子后面紧跟不舍。伏尔隆德的妻子奥尔伦飞走后，他紧跟其后，穿着雪地靴出发了。不幸的是，他被瑞典国王尼苏特抓了起来。

尼德乌德抢走了伏尔隆德所有的宝贝，包括他的剑，还挑断了他的脚筋。伏尔隆德被囚禁在一座岛上，被迫为尼德乌德干活，他为自己的瓦尔基里新娘制作的戒指则被送给尼德乌德的女儿博思维尔德。忍无可忍的伏尔隆德开始了他的复仇：他用黄金和宝石引诱尼德乌德的儿子们，然后杀了他们，并用他们身体部分为尼德乌德制作礼物；他勾引了博思维尔德；然后向尼德乌德透露了他对国王的孩子所做的一切。

海尔吉·希奥尔瓦德松谣曲

《诗体埃达》中有三个关于海尔吉·希奥尔瓦德松的故事，并围绕这些故事展开了大量争论。这些故事最初可能来自丹麦，因为某些证据表明，海尔吉可能是哈夫丹国王的儿子。随着时间的推移，故事发生了变化，现有文本都残缺不全，要将这些故事恢复到原来的样子绝非易事。因此，许多学者对这些故事有了截然不同的诠释。第一个故事始于海尔吉的早期生活，讲述者是前来探望刚出生的海尔吉的诺恩命运女神。他杀了匈人，却拒绝给匈人的儿子任何赔偿，由此树立了他的英雄形象。后来，冲突再起，那几个匈人的儿子也死了。然后，海尔吉帮助一个名为西格隆恩的瓦尔基里，她被许婚给一位不相配的王子。海尔吉打败了西格隆恩的未婚夫，并娶了她。

第二个故事中，海尔吉遇到一个名为斯瓦法的瓦尔基里，正是这个瓦尔基里给当时还没有名字的他取名为海尔吉。斯瓦法还告诉海尔吉魔法宝剑的位置，这把剑可以刺穿敌人的盾牌，帮他赢得战斗。然后，他杀死了国王和巨人，成了著名的英雄，并娶了斯瓦法为妻。这也是另一个巨人在阳光下变成石头的故事。故事中，海尔吉遇到一个女巨人，似乎是超级强悍的海罗金，但海尔吉得罪了她，从而走到了人生的终点。受到女巨人诅咒的海尔吉在一场决斗中受了致命伤。诗的最后提到，斯瓦法和海尔吉将转世再生。

第三个故事似乎是整理在一起的几首古诗，其实与第一个故事大同小异，也讲述了杀戮匈人的故事。海尔吉遇到了瓦尔基里西格隆恩（她是斯瓦法的转世），击败了已与她订婚的王子，再次帮助她逃离了一场她不喜欢的婚姻。两人结婚生子，但海尔吉被西格隆恩的哥哥达古出卖了。他似乎想让海尔吉成为瓦尔霍尔的战士，达古用向奥丁借来的长矛，杀死了海尔吉，但受到了妹妹的诅咒。

海尔吉的亡灵被带到了瓦尔霍尔——这是伟大战士的最佳归宿，并按照奥丁的要求担任了英灵战士的领队。他不时被送回人间，甚至得以在坟冢里与西格隆恩共度良宵。后来，他再也没回到西格隆恩身边，后者最终悲痛而死。两人再度轮回，他成了另一个名叫海尔吉的英雄，而她成了名叫卡拉的瓦尔基里。

海尔吉的萨迦后面是一段名为"辛费厄特里之死"的散文。这段散文讲述了辛费厄特里（西格蒙德之子、海尔吉和西古尔德同父异母的兄弟）中毒身亡的故事。在一次为争夺一个女人的争吵中，辛费厄特杀死了他父亲的妻子堡格希尔德的兄弟。因此，堡格希尔德在宴会上倒酒时把毒药加到了辛费厄特里的酒杯中。辛费厄特里知道酒里有毒，一开始不肯喝，但最终还是喝了，于是中毒而死。《散文埃达》中的《伏尔松萨迦》更为连贯地讲述了海尔吉的生平故事，也涉及了后面诗歌中的人物。

西古尔德、古德隆恩和布隆希尔德的故事

在日耳曼传说中，以齐格弗里德身份出现的西古尔德，是屠杀法夫纳的人。《散文埃达》和《诗体埃达》分别以散文和诗歌的形式讲述了他的故事。其中的第一首诗歌名为《格里泼尔的预言》，有时也被称为"法夫纳屠杀者西古尔德之歌Ⅰ"。和《埃达》中的其他许多诗歌一样，《格里泼尔的预言》也是一段对话，这场对话发生在西古尔德（西格蒙德的儿子，未来的屠龙者）和他的叔叔格里泼

海尔吉被带到瓦尔霍尔，受命领导英灵战士埃因哈尔加尔。

左图 如图所示，海尔吉和他的瓦尔基里妻子西格隆恩有可能在瓦尔霍尔重聚。在其他版本的故事中，他们将投胎转世，在凡人的世界重逢。

尔之间。格里泼尔预言了西古尔德一生中将会发生的事情，基本上概述了其他几首诗中所描述的相关事件。尽管就时间顺序而言，是这些事情先发生，而诗歌是后来补充进《埃达》的。

《格里泼尔的预言》之后的那部分没有标题，通常被认为是残缺不全的。但鉴于其诗歌风格不一，这部分可能由多首诗歌汇编而成，通常被称为"雷金的歌谣"，或是"法夫纳屠杀者西古尔德之

上图 西古尔德不小心吸入法夫纳的一些血后，发现自己能听懂鸟的语言。因此，他听懂了鸟儿发出的警告：提防他的养父雷金——那个派他去屠龙的人。

歌Ⅱ"。前半部分首先讲述了洛基如何杀死奥托（赫瑞德玛之子）以及如何得到被诅咒的戒指安德华拉诺特。洛基将戒指给了赫瑞德玛国王作为赔偿，后来，国王的另一个儿子法夫纳因贪婪而发疯。诗的后半部分讲述的是西古尔德和他的养父雷金的故事。

接下来的一节同样没有标题，但通常被称为"法夫纳之歌"，讲述的是西古尔德如何屠龙并随即被养父雷金背叛的故事。由于不小心吸入了一些法夫纳的血，西古尔德听懂了鸟的语言，及时得知了雷金将背叛自己，从而逃过一劫。这些鸟还告诉西古尔德一些关于女武神布隆希尔德以及他未来妻子古德隆恩的事情。

下一节仍没有标题，但通常被称为"西格德里弗之歌"（即《西古尔德之歌》）。"西格德里弗"的意思是"胜利的使者"，用来指代瓦尔基里布隆希尔德。布隆希尔德给西古尔德的建议构成了这首诗的大部分内容。在《诗体埃达》中的这一节里，布隆希尔德教会西古尔德如何使用如尼文魔法，这一节的内容成为"如尼文魔法"最重要的资料之一。然而，这几页原手稿本残缺，被称为"大空白"，所以，有些内容是根据现存其他版本的《诗体埃达》重建而来的。

《雷吉乌斯经典》（即《皇家手稿》）中缺失的部分包含一首名为《西古尔德之歌》长诗的第一部分，大概讲述了西古尔德一生的传奇故事。现存故事中，既有一首篇幅很短的《西古尔德短歌》（其实并不短，大约有七十个诗节），也有一首篇幅很长的《西古尔德之歌》，可能多达二百五十个诗节。

缺失部分的故事可以根据《散文埃达》中的《伏尔松萨迦》补充完整。

左图 图中的布隆希尔德被一堵火墙包围着。除了英雄西古尔德之外，无人能穿过这堵火墙。于是，西古尔德伪装成自己的结义兄弟贡纳尔，来帮他赢得布隆希尔德。

故事的内容大致如下：西古尔德遇到了布隆希尔德的姐夫。之后，一个名叫古德隆恩的女人拜访了布隆希尔德并请她为自己解梦，布隆希尔德则用一个即将成真的预言解释了这个梦的寓意。然后，西古尔德来到了古德隆恩和贡纳尔两兄妹的家里，在那里，他们的母亲给西古尔德喝了一剂神奇的酒，使他忘记了布隆希尔德。就这样，西古尔德与古德隆恩结了婚，并答应帮助贡纳尔求娶布隆希尔德。贡纳尔无法穿越包围在布隆希尔德周围的那堵火焰之墙把她救

右图 贡纳尔和布隆希尔德的婚礼进展得很不顺利。和古德隆恩吵架后，布隆希尔德知道了自己得救的真相。不久后，西古尔德被贡纳尔的手下杀害了，布隆希尔德也悲痛自杀。

出来。于是，西古尔德易容成贡纳尔的样子将布隆希尔德救了出来，并与这位女武神共度了三个晚上。此举让布隆希尔德误以为将自己救出火焰圈的人是贡纳尔。

关于这个故事，某些版本提到西古尔德在这三个晚上"把他的剑放在了他和布隆希尔德之间"，另一些版本则说，布隆希尔德与伪装成贡纳尔的西古尔德有了夫妻之实。暂且不论哪种说法为真，布隆希尔德在婚前与古德隆恩吵了一架，备婚之路也因此中断，因为她在争吵中发现那个真正救出她的人是西古尔德，而不是贡纳尔。这时，无论贡纳尔还是西古尔德都无法平息布隆希尔德的愤怒。知道真相后的西古尔德更是悲痛万分，连身上穿的铠甲都裂开来了。与此同时，贡纳尔决意伺机报复西古尔德。

最终，西古尔德在莱茵河以南的某个地方被贡纳尔和他的手下所杀。因为贡纳尔的所作所为，古德隆恩对他施加了诅咒。布隆希尔德也预言了贡纳尔的灾难，因为他现在违背了自己的誓言，屠杀了自己的结拜兄弟。她说，如果西古尔德——贡纳尔的血亲兄弟——能够活得更久一些，那么西古尔德将会成为最伟大的男人。布隆希尔德还让古德隆恩像自己一样，选择自我了结，跟着西古尔德去来世。然而，她又预言道，古德隆恩是不会这么自杀的，她将给另一个男人生几个儿子。

《古德隆恩之歌》

《古德隆恩之歌》由三首诗组成。第一首诗中，西古尔德的妻子古德隆恩因丈夫的死亡而悲痛欲绝。于是，大家都安慰古德隆恩，表示自己也曾遭受过巨大损失，但生活还得继续。然而，大家的安慰毫无作用。在接下来的一段散文中，古德隆恩去了丹麦并在那里待了一段时间。布隆希尔德下令处死一批奴隶、狗和鹰，并将这些人和动物的尸体堆放在火葬西古尔德的柴堆上。她还命令为西古尔德打开通往来世的大门，并表示，在一众随从和布隆希尔德本人陪西古尔德前行之前，不许关闭这扇门。随后，布隆希尔德拔剑自刎了。

上图 在关于这个故事的一些版本中，西古尔德在睡梦中被贡纳尔的手下残忍谋杀。如此一来，贡纳尔不仅违背了自己的誓言，而且还杀害了自己的结拜兄弟，因为他曾宣誓以兄弟般的忠诚对待西古尔德。

第二首诗《布隆希尔德奔赴地狱》讲述了西古尔德和布隆希尔德的葬礼。尽管布隆希尔德曾下令用于火葬的柴堆要摆得足够宽，能容得下她和西古尔德两个人，但她的尸体是在西古尔德的尸体被焚烧后再被单独焚烧的。在去来世的路上，她遇到一个约顿女巨人，解释说最近发生的事情并非全是她的错，她和她的姐妹们在很小的时候就一起成为国王的俘虏。后来，在一场决斗中，布隆希尔德将胜利赐予成功"俘获"自己的阿格纳，违背了奥丁的旨意，因为奥丁更偏向另一位国王哈贾尔贡纳（在决斗中被杀）。为此，布隆希尔德被囚禁在火圈内并长久沉睡，等待一位勇士前来救她出去。这位勇士就是西古尔德，但却伪装成了其结拜兄弟贡纳尔。布隆希尔德指出，这一切并非她的过错，因为她也被欺骗了。最后，她说虽然他们这一世受了一辈子的苦，但她和西古尔德来世必将在一起。

第三首诗是散文体的《尼芬隆人之死》，此部分插在两首诗之间，似乎是为了使故事更为连贯。在这部分中，古德隆恩的第二任丈夫艾特礼杀死了她的兄弟贡纳尔和霍格尼。

左图 此图中的女武神布隆希尔德正在把一具战士的尸体带往瓦尔霍尔。瓦尔基里这一角色形象已为大众所认可。相较于从天而降吸食战死者腐肉的野兽而言,这样的形象当然更富浪漫色彩。

艾特礼是布隆希尔德的哥哥,他将布隆希尔德的死归咎于古德隆恩的家人。他要求古德隆恩做他的妻子,以此作为她的家人害死布隆希尔德的补偿,他还强迫古德隆恩喝下魔法药水——就是西古尔德曾经喝过的使他忘记了布隆希尔德并与古德隆恩成婚。最终,古德隆恩嫁给了艾特礼。但这种"忘情药"是否奏效不得而知。古德隆恩发现了艾特礼谋杀她兄弟的计划,并试图给兄弟们报信,但她并未成功。霍格尼被挖出心脏,贡纳尔则被扔进了蛇窟,不得不痛苦地忍受毒蛇啃咬。

艾特礼要求古德隆恩做他的妻子，以此作为对古德隆恩的家人害死他妹妹布隆希尔德的补偿。

在原始资料中，《古德隆恩之歌》的第二部分与第一部分同名，为作区分，第二部分通常被称为《古德隆恩之歌Ⅱ》。文本虽然有一些内容缺失，但仍是现存的古北欧诗歌中最完整的一首。第二部分的创作年代比第一部分还要久远，可以追溯到公元前1000年的某个时期。这两部分的内容也大同小异。古德隆恩对西古尔德之死悲叹不已，也为死于艾特礼之手的兄弟伤心难受。艾特礼梦见了自己两个儿子之死，还梦见古德隆恩把他们的肉送到他面前。

第三部分的标题也与前两部分相同，但通常被称为《古德隆恩之歌Ⅲ》，以作区别。这部分所讲述的故事似乎起源于德国，而且在《伏尔松萨迦》面世时，斯堪的纳维亚可能还不为人知。就其本

右图 古德隆恩的故事是一首哀歌，哀叹她众多亲人渐次被害，哀叹她两任丈夫的死亡。她的诸多不幸始于前一任丈夫西古尔德的死亡。

质而言，这是一个传统的日耳曼故事。故事中，一个妻子被指控通奸，为了证明自己的清白，她必须经受开水的考验，得从一壶沸水中取出一块石头。壶里的开水通常深及手腕（在某些情况下可能更深），如果受控者在这个过程中受的伤在三天之后愈合良好，那就证明她是清白的。

《古德隆恩之歌Ⅲ》似乎是对这个传统故事的复述，只不过在其原来的主题中加入了古德隆恩、艾特礼和其他一些当时的知名人物。在《古德隆恩之歌Ⅲ》中，艾特礼以前的一个情妇赫克贾说她曾看到古德隆恩和国王西奥德雷克在一起，但古德隆恩发誓自己没有背叛丈夫，并解释自己和来访的国王只是互相讲述了各自失去亲

人和爱人的故事。她宣称要为兄报仇，并要求用开水证明自己的清白。古德隆恩把手从开水中拿出来后没受半点伤。随后，赫克贾也不得不经受了开水的考验。她被严重烫伤，说明她做了伪证，于是被扔进沼泽中淹死了。

《奥德隆恩的哀歌》（或《奥德鲁纳格拉特》）似乎也源自日耳曼传说，很可能是后来才添加到西古尔德和古德隆恩故事之中的。奥德隆恩是艾特礼的妹妹，也是古德隆恩的哥哥贡纳尔的情人。这首诗讲述了奥德隆恩如何帮助瑟斯瑞克的女儿博格尼，但在贡纳尔和他的弟弟霍格尼被艾特礼谋害时无能为力的故事。奥德隆恩拥有治愈之术，却无法拯救被毒蛇咬伤的爱人。

《古德隆恩的悲歌》和《哈姆迪尔之歌》

《古德隆恩的悲歌》和《哈姆迪尔之歌》有着极为相似的主题，而且两首诗叙述的事件都因一位名叫厄尔曼纳里克的哥特国国王而起。这位国王的名字被翻译为多种文字，古诺尔斯语为 Jǫrmunrekr，哥特语为 Aírmanareik，拉丁语为 Ermanaricus，古英语为 Eormenric。厄尔曼纳里克极为好战且残忍无比，他处死一个名叫苏尼尔达的女人然后遭到报复的故事在北欧各地广为流传。这个故事似乎已被纳入北欧神话，只不过用其他故事中的人物取代了原故事中的受害者及其亲属。

在《古德隆恩的悲歌》中，古特伦（即古德隆恩）和西古尔德有个女儿，名叫斯凡希尔德，她嫁给了国王厄尔曼纳里克。在国王发现儿子兰德尔和妻子有染后，便下令将妻子处死。有的版本说她是被马踩死的，有的版本又说她死于五马分尸。为了给女儿复仇，古德隆恩派儿子哈姆迪尔和索利去杀厄尔曼纳里克。

这些诗歌的现存文本都残缺不全，很可能并不是最初的版本，而是稍早时期的某位作家根据他当时能够找到的材料拼凑而成的。《哈姆迪尔之歌》被称为是"哈姆迪尔的旧歌谣"，《古德隆恩的悲歌》可能就是根据这首歌谣创作而成的。这两首诗讲的是同一个故事，但《哈姆迪尔之歌》是直接讲这个故事，而《古德隆恩的悲歌》

《艾特礼的悲歌》

《雷吉乌斯经典》中有两首诗与艾特礼有关,这个角色似乎源自匈人阿提拉。其中较短那首诗名为《艾特礼的悲歌》,较长那首名为《艾特礼的歌谣》。两首诗歌讲的几乎是同一个故事,但《艾特礼的歌谣》中有更多细节,也有更多润色的成分。这些诗歌与格陵兰密切相关,很可能创作于那里的某个定居点。

《艾特礼的悲歌》讲述了艾特礼如何谋害古德隆恩的兄弟,后又被古德隆恩杀害的故事。在细节上,这个故事与其他版本有着相似之处。艾特礼派人请古德隆恩兄弟来自己的宫殿,说要给他们大笔财富。兄弟俩对此将信将疑,因为他们已经很富有了,古德隆恩也设法给他们报信。然而,兄弟俩还是去了艾特礼的宫殿,然后被抓起来。艾特礼要兄弟俩说出他们的金子藏在哪里,但他们不肯说。于是,两人都被处死了。

然后,艾特礼和他的手下大吃大喝,古德隆恩给他们侍奉食物和美酒。在宴会上,她告诉艾特礼,他吃的是儿子们的心。后来,当艾特礼喝醉酒躺在床上时,古德隆恩杀死了他,将他的黄金悉数散尽,放走了他所有的奴隶,然后一把火将他的宫殿烧了个精光。

右图 正如布隆希尔德所预言的那样,古德隆恩并没有因为悲伤而自杀,几年后,她被迫嫁给了布隆希尔德的兄弟艾特礼国王。最终,古德隆恩为给兄弟们报仇,杀死了熟睡中的艾特礼,放火烧了艾特礼的宫殿。

的大部分内容则是古特伦在哀叹众多亲人的离去。

在《哈姆迪尔之歌》中，古德隆恩告诉儿子们他们的妹妹被谋杀了，并要他们为妹妹复仇。儿子们深知这无异于赴死，但还是答应了。古德隆恩称，他们要在哥特人的堡垒中杀死两百名战士。因为原手稿遗失数节，这首诗残缺不全，但其他资料曾提及古德隆恩曾设法使兄弟俩的盔甲不被任何武器穿透。她还告诉儿子们，千万不要碰石头或其他重物，因为那将使魔法失效。哈姆迪尔和索利在路上遇见了他们同父异母的哥哥艾普。艾普主动提出帮助他们，但却遭到杀害。具体出于什么原因，诗中并未说明。在这之后，兄弟俩一起遇到意外，摔了一跤，不得不用手脚自救。此时他们才意识到自己做了一件可怕的事，失去了原本可以帮忙的第三个勇士。

尽管如此，哈姆迪尔和索利还是杀死卫兵，突袭厄尔曼纳里克的城堡。厄尔曼纳里克听说有人攻击，还吹嘘要活捉来人还要绞死他们。他命令手下向兄弟俩扔石头，因为钢铁并不会伤害到他们。在《散文埃达》中，帮国王想出这个方法的正是奥丁，他伪装成一个老人，告诉国王如何才能打败这些不可战胜的屠杀哥特人的人。

哈姆迪尔和索利意识到他们战败了，痛惜自己犯下的种种错误，尤其是杀了自己同父异母的哥哥这一大错。他们说，他们将因这件

右图 奥丁提醒国王厄尔曼纳里克，铁器刺不穿这两个勇士的盔甲。奥丁建议哥特人不要用剑对付哈姆迪尔和索利，而要向他们扔石头。

事名留千古，因为他们进行了一场伟大的战斗。在诗的最后一节，兄弟俩声称，无人能违抗自己的命运。之后，他们被杀了。

《古德隆恩的悲歌》也是围绕这件事展开的。这两首诗的第一部分非常相似，《古德隆恩的悲歌》的其余部分全是古德隆恩为自己身边所有被杀害的人悲叹。这首诗的结尾处，希望每个人在未来的日子里少受一点痛苦，或者，借古德隆恩命运多舛的故事给那些正在经受苦痛的人些许的安慰。

《萨迦》

北欧神话中有许多传奇故事，但并非所有故事都会涉及宗教或神话，即使有，也是一笔带过。就其本质而言，国王、主教和冰岛人的传奇故事都具有一定的历史意义。虽然这些故事有时可能会涉及宗教问题，但并不属于神话的范畴。有些传奇故事把凡人和神或魔兽混为一谈，是借鉴了北欧神话。

举个例子，在《埃吉尔萨迦》中，英雄埃吉尔·斯卡拉格里姆松用一根尖桩——一根雕刻了符文的柱子，顶上有被砍断的马头——来给地精下咒，让地精去对付他的敌人。埃吉尔·斯卡拉格里姆松并不是神话中的英雄，而是一个与某位已知历史人物有关联

左图 这是一枚绘有古北欧英雄的吊坠，出土于1000年维京人的一个大型宝库。根据《埃达》所述的"奥丁定律"，今生隐藏的无数宝藏将在来世重现。

的真实人物，并被许多现代冰岛人视为他们的祖先。这种将历史事实和神话故事混为一谈的故事被称为"英雄的（或神话的）历史"，通常表现为某个众所周知的真实人物参与了某件直接源自神话的事件。

《伏尔松萨迦》更是如此，它与《诗体埃达》所讲述的是同一个故事，只不过更为连贯。故事可能起源于"维京时代"之前的中欧，并经过日耳曼人传入了斯堪的纳维亚半岛，《尼伯龙根之歌》可以找到日耳曼语版本。如同《散文埃达》中所描述的人物一样，《伏尔松格萨迦》中的人物也出现在了诸神的传说中。在这个故事里，法夫纳和他的家人都是凡人——尽管他们似乎很擅于施展魔法，却不并是矮人。

《伏尔松萨迦》

《伏尔松萨迦》讲述的故事与《诗体埃达》描述的许多事件如出一辙，只不过是以散文形式叙述的。在《伏尔松萨迦》的开头，奥丁的儿子西格因嫉妒而愤怒地谋杀了他的奴隶布雷迪，从而遭到流放。奥丁庇护不法之徒的做法在这里彰显无遗——他告诉西格在哪里可以找到船和人，西格由此逃走并成了一位国王。

西格的儿子雷尔更是了不起，可惜他的妻子始终不孕。后来，诸神给了她一个神奇的苹果。她怀胎六年，却在诞下儿子伏尔松后与世长辞。伏尔松是另一位伟大的国王。他有许多孩子，其中包括西格蒙德和他的妹妹西格尼。尽管万般不愿，西格尼还是被许配给高得兰国王西格尔。

在伏尔松国王的宫殿里有一棵树，名叫巴恩斯托克。一个神秘的陌生人——几乎可以肯定这人就是乔装打扮的奥丁——来到大殿上，将一把剑插进树干，说谁能把剑拔出来，谁就是这把剑的主人。大家都跃跃欲试，但没人成功做到。最后，只有西格蒙德轻而易举地把剑拔了出来。西格尔国王很想要这把剑，提出用黄金交换，但遭到西格蒙德的拒绝。

为此，西格尔开始策划报复，并邀请伏尔松和他的家人去他的国家。尽管西格尼警告他们不要去，他们还是去了，并遭到攻击。伏尔松被杀，他的儿子们包括西格蒙德也成了对方的俘虏。他们被丢到牲畜群里遭受野兽的攻击，然后一个接一个被杀，最后只剩下西格蒙德。在西格尼的帮助下，西格蒙德进入一片树林。西格尼和丈夫西格尔生了两个儿子。在他们很小的时候，西格尼借助西格蒙

伏尔松和他的手下战败了，伏尔松的儿子们全部被俘。

右图 奥丁将一把魔法剑插进了巴恩斯托克的树干上。只有西格蒙德能拔出这把剑，所以它就归西格蒙德所有。西格尔国王很想占有这把剑，但西格蒙德不肯将剑卖给他，由此引发了一系列悲剧。

德之手考验他们的勇气。西格蒙德发现这两个孩子胆小懦弱，就杀了他们。然后，西格尼和一个女巫互换容貌。女巫和国王西格尔睡在一起，西格尼则去看望她的哥哥西格蒙德。兄妹俩相爱了，西格尼最终生下一个儿子，取名辛费厄特里。西格尔以为这个男孩是他的儿子，便把他抚养成人。当被送到西格蒙德面前测试勇气时，这个孩子通过了测试。此后，西格蒙德带着他一起去打猎和抢劫。

有一次，西格蒙德和辛费厄特里把偷来的狼皮穿到身上，一时无法取下，便像野兽一样狂奔起来，互相厮杀。在打斗中，辛费厄特里身受重伤，奄奄一息，幸好有乌鸦送来的一片魔法叶子才得救。这些冒险经历使这个男孩更加冷酷，甚至愿意杀死自己的家人。当他和西格蒙德潜入西格尔的庄园去复仇时，被西格尔的另外两个孩子发现了。西格尼把孩子们带到西格蒙德身边，劝他杀了他们，但西格蒙德拒绝了。辛费厄特里却立即杀死了这两个孩子，并把他们的尸体交给了西格尔国王。他和西格蒙德随后袭击国王，但却被抓住。他们被活埋在一个土堆里。然后，西格尼把西格蒙德的剑藏在一捆稻草里扔了过去，使他们得以逃脱。然后，他们点燃了西格尔的宫殿，并宣布伏尔松家族没有被灭族。西格尼选择留下来和西格

右图 西格蒙德的剑被奥丁的长矛斩断了，他在临死前意识到奥丁想要把武器传给别人，便下令把这把剑的碎片留给他尚未出世的儿子。

尔国王同归于尽，西格蒙德和辛费厄特里则回到了伏尔松的王国。

不久，西格蒙德娶了个名叫堡格希尔德的女人。他们有两个儿子，名叫哈姆恩德和海尔吉。诺恩女神预言，海尔吉将成为最伟大的国王。与此同时，海尔吉苦练突袭技能，在路上遇到了一个名叫西格隆恩的女人。西格隆恩即将嫁给国王霍德尔布罗德。但她不想嫁给国王，就请求海尔吉为她而向国王挑战。在辛费厄特里的陪同下，海尔吉带着他的军队攻打霍德尔布罗德。辛费厄特里和霍德尔布罗德的父亲互相辱骂，并嚷嚷着要在战场上一决高下。

海尔吉的战士们在战斗中得到了两个女战士（极有可能是女武神）的帮助，从而打败了霍德尔布罗德。海尔吉将霍德尔布罗德的王国据为己有，并娶了西格隆恩为妻。

在这之后，海尔吉在《伏尔松萨迦》中基本没再出现。但辛费厄特里还在继续四处突袭他人，并因此遇到了一个女人。碰巧的是，西格蒙德妻子堡格希尔德的哥哥也倾心这个女人。然后，辛费厄特里在决斗中杀死了对方。

西格蒙德拒绝放逐辛费厄特里，堡格希尔德便想毒死杀害自己哥哥的凶手。辛费厄特里知道那酒有毒，就想方设法不喝这杯酒。但是，他的父亲西格蒙德建议他把酒喝了，尽管这个建议极其不明智，辛费厄特里还是听从父亲建议，喝了一杯毒酒。辛费厄特里死了，西格蒙德带着儿子的尸体来到附近的峡湾，在那里遇到了神秘渡船人，几乎可以肯定是奥丁假扮的。渡船人提出带他们渡过峡湾，但船上空间太小容不下三个人。他带走了辛费厄特里的尸体，却把西格蒙德留下，但没再回来。

西格蒙德将堡格希尔德放逐，在不久后堡格希尔德就离世了。最后西格蒙德娶了一位名叫希尔蒂丝的公主。希尔蒂丝不得不在当时已经步入暮年的西格蒙德和林格维国王之间做出选择。后者因希尔蒂丝的选择而愤怒万分，于是突袭西格蒙德的军队。正当双方打得难解难分之时，一个穿着蒙面斗篷、手持长矛的独眼男子袭击了西格蒙德。当然，他就是奥丁。奥丁手持长矛把他亲自赐给西格蒙德的剑击成了碎片。西格蒙德的军队被打败了，他本人也身受重伤。

奥丁把最好的马——格朗尼——送给了年轻的西古尔德。

奄奄一息的西格蒙德告诉妻子希尔蒂丝，他知道她怀孕了，很明显奥丁不想让他继续拥有这把神剑。他还告诉她，这把剑将会被重铸成为一把名为格拉姆的魔法宝剑，有人会在他们的儿子需要这把剑时将其送给他。西格蒙德死后，希尔蒂丝被维京海盗俘虏，并被带到了他们的统治者国王阿尔弗面前。阿尔弗听了她的故事后，向她求婚，视她的儿子为己出，并将其抚养成人。

男孩名叫西古尔德。按照北欧人的传统，赫瑞德玛的儿子雷金收养了这个孩子。雷金教他读如尼文、说外语。有一天，奥丁送给了西古尔德一份礼物。这是一匹小马驹，西古尔德给它取名格朗尼。奥丁叫他好好照看这匹马，因为他是斯莱普尼尔的孩子，将成为世界上最好的马。

右图 西古尔德的养父雷金重铸了西格蒙德的剑。这把剑名叫格拉姆，可以劈开铁砧，甚至屠龙。

后来，雷金告诉西古尔德，他的父亲赫瑞德玛被他的哥哥法夫纳谋杀。他们的三弟化身水獭捕鱼时被洛基所杀。赫瑞德玛要求洛基为他儿子之死进行赔偿，洛基便将他之前从矮人安德瓦利手里骗走的戒指给了赫瑞德玛，但那枚戒指已受到魔法诅咒。法夫纳得到这枚戒指后，因贪得无厌而发了疯。他偷走了所有宝藏，并化身为一条龙来守护着宝物，现在又开始恐吓当地的村民。

西古尔德想铸造一把屠龙的剑，试过多次都没有成功。他每次把新铸造的剑放到铁砧上捶打时，剑都会被击个粉碎。因此，他请受过铁匠训练的雷金帮忙，然后把父亲留给他的那把剑的碎片交给雷金。这把用碎片重铸成的剑一下就劈开了铸剑的铁砧。

西古尔德随后与他的舅舅格里泼尔交谈了一番。可以预见未来的格里泼尔告诉西古尔德，在追杀法夫纳之前他必须先为西古尔德（应该是西格蒙德）报仇。于是，西古尔德带着一支人马和船队去攻打林格维国王，并杀死了他。之后，雷金陪同西古尔德远征恶龙法夫纳，但在告诉西古尔德如何杀死这头猛兽之后逃走了。西古尔德正在挖壕沟以伏击法夫纳时，一位留着长胡子的老人——又是奥丁——建议他多挖几条壕沟，以便排走法夫纳的血，不至于将自己淹死。

西古尔德刺了法夫纳致命一剑，并在他临死时与之交谈。法夫纳劝他不要动用那些宝藏，但西古尔德还是拿走了宝藏，还取走了法夫纳的心脏和一些血液。他把宝藏交给了雷金，准备把法夫纳的心脏煮熟了给雷金吃。然而，因为不小心吞下一些法夫纳的血液，西古尔德便能听懂鸟儿们的语言。因此，他从鸟儿们的对话中得知，雷金打算背叛他，便用他的格拉姆之剑砍掉了雷金的脑袋。

确定法夫纳的宝藏安然无恙之后，西古尔德听从鸟儿们的建议。来到了一座山上。瓦尔基里布隆希尔德正在这里沉睡，四周环绕着一圈燃烧的火焰。西古尔德唤醒了瓦尔基里布隆希尔德，布隆希尔德告诉西古尔德自己知道他是谁，并解释说她因为违背奥丁的旨意而遭到了奥丁的监禁。然后，布隆希尔德教西古尔德如何用如尼文施展魔法。

上图 这块如尼文石雕描绘了英雄西古尔德和他的魔法宝剑格拉姆。西古尔德用这把剑杀死了恶龙法夫纳和背叛自己的雷金。

西古尔德告别布隆希尔德，前往希米尔的庄园。希米尔娶了布隆希尔德的妹妹，布隆希尔德后来也去了那里。然而，她拒绝了西古尔德的求婚，说他命中注定要娶吉乌基国王的女儿古德隆恩为妻。古德隆恩前来拜访布隆希尔德，说她最近做了一个非常不愉快的梦。古德隆恩请求布隆希尔德解析这个梦的寓意。布隆希尔德预言了接下来会发生的一切。古德隆恩听后深感不安。

后来，西古尔德来到了吉乌基国王的皇宫。在那里，吉乌基的妻子格里姆希尔德给他喝下一种神奇的遗忘之酒。于是，西古尔德忘记布隆希尔德，娶了古德隆恩，并与她的兄弟贡纳尔、霍格尼和古托姆成为结拜兄弟。他们生了个儿子，取名为西格蒙德。贡纳尔的母亲催促他向布隆希尔德求婚，但她不愿意结婚，并在火墙后面加强自己的力量以阻止可能的追求者，她发誓只嫁给能冲破这堵火墙的人。贡纳尔无法冲破火墙，即使有西古尔德的帮助，也没成功。之后，西古尔德变成贡纳尔的样子来到了布隆希尔德身边。他们在一起度过了三个晚上，但是，西古尔德将他那把未开刃的剑放在了两人中间。西古尔德拿走了她身上的魔法戒指安德华拉诺特，并在原处放了另外一枚戒指。

布隆希尔德对此骗局毫不知情，与贡纳尔结婚了。然而，古德隆恩和布隆希尔德相处很不愉快，开始争论谁的丈夫是世界上最优秀的男子。古德隆恩说西古尔德屠杀了巨龙法夫纳，还说救出布隆

下图 西古尔德之所以愿意娶古德隆恩，是因为西古尔德在喝下遗忘之酒后忘记了布隆希尔德，但古德隆恩洋洋自得地吹嘘，最终暴露了布隆希尔德受骗的真相。

希尔德的是西古尔德而不是贡纳尔，布隆希尔德气得无言以对。

布隆希尔德对这种背叛感到万分愤恨，并怂恿贡纳尔杀死西古尔德。但贡纳尔不能这样做，因为他们在结拜兄弟时曾发誓，所以不能违背誓言，他的弟弟霍格尼同样如此。他们的弟弟古托姆却不受此约束，所以被派去刺杀睡梦中的西古尔德。受了致命伤的西古尔德奋力将正欲逃跑的古托姆砍成两半。听到古德隆恩悲痛的哭泣声，布隆希尔德懊悔不已，要求与西古尔德一起火葬，然后挥剑自刎了。

古德隆恩随后离开，过了七年半之后才被家人找到。他们答应了国王艾特礼——布隆希尔德哥哥的要求——把古德隆恩嫁给他，以此作为对布隆希尔德之死的补偿。艾特礼想把法夫纳的金子据为己有。他推测古德隆恩的兄弟们知道宝藏在哪里，便邀请他们到他的皇宫来。他们应邀而来。虽然古德隆恩曾发出警告，但一个奸诈的仆人篡改了警告，如尼符文并没有就艾特礼的背叛发出警告。

尽管兄弟俩发现了如尼文的骗局，但还是去了艾特礼的皇宫。艾特礼要他们说出法夫纳的黄金的位置。他们拒绝了，并在古德隆恩的协助下与艾特礼的所有守卫决一死战。古德隆恩穿上借来的盔甲，与她的兄弟们并肩战斗。最终，他们寡不敌众，霍格尼被挖心而死。

贡纳尔仍不屈服，说只有他知道宝藏的位置，但他绝不会说出这个秘密。他被扔进了一个蛇穴，用脚弹奏古德隆恩交给他的竖琴——坚持了一段时间。然而，虽然大多数毒蛇在琴声中陷入了沉睡，还是有一条蛇咬了他。

为了报复艾特礼，古德隆恩杀死了他们的两个儿子，把儿子们的血倒入了艾特礼的酒杯，然后把儿子们的心捧上了宴会桌。古德隆恩与霍格尼的儿子尼芬隆一起放火烧毁了艾特礼的宫殿，把剑刺进他的胸膛。《伏尔松萨迦》就此结束。

古德隆恩穿着借来的盔甲与她的兄弟们并肩战斗。

右图 布隆希尔德怂恿她的丈夫贡纳尔杀死了西古尔德，之后又因悔恨而自杀。在这个版本的故事中，她跳进了西古尔德的火葬堆，但在其他版本的故事中，布隆希尔德的葬礼和西古尔德的葬礼是分开举行的。

第五章
《埃达》

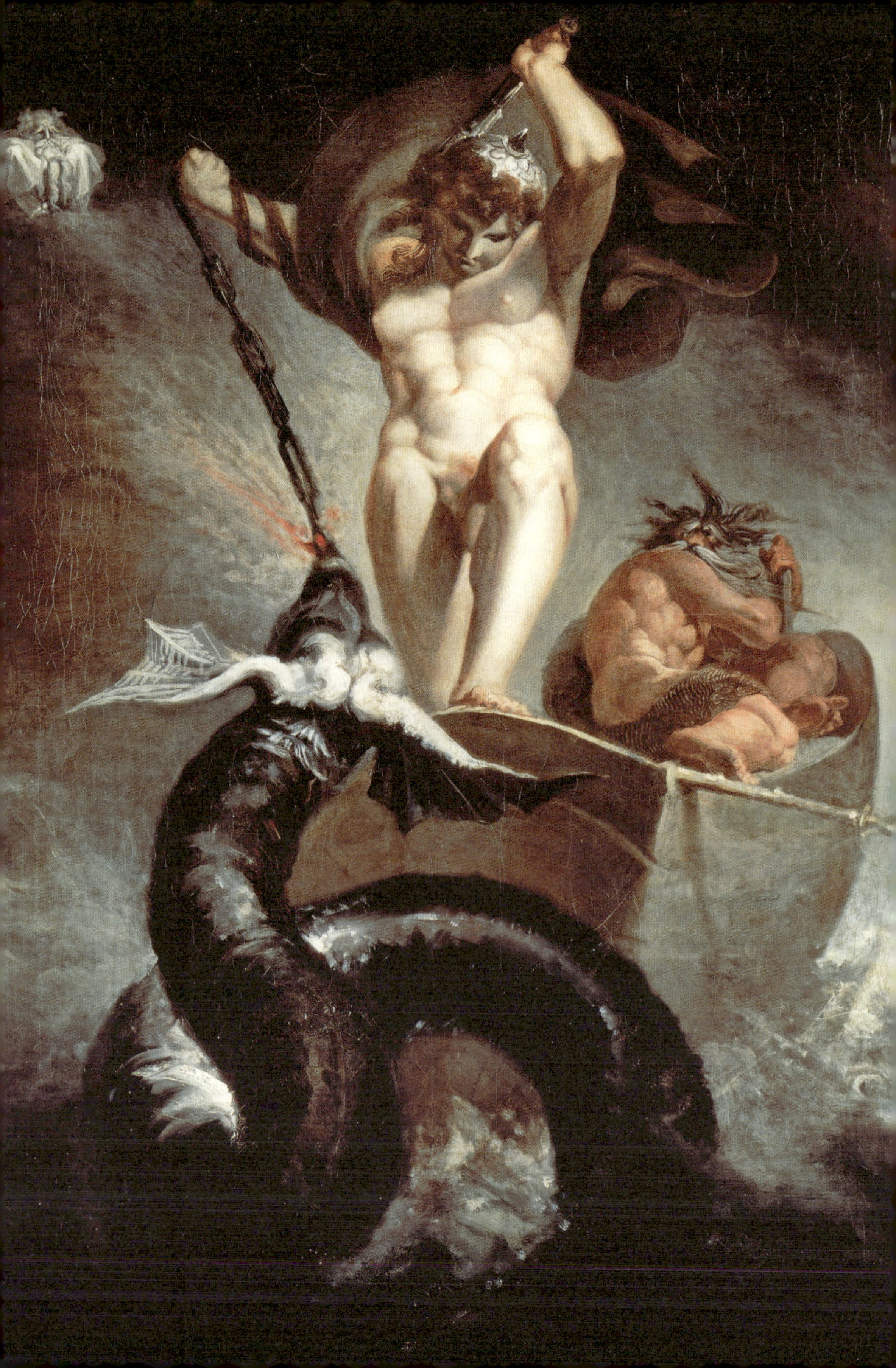

第六章

诸神的黄昏

古老的北欧宗教有好几种关于人死后的遭遇的说法，有的相互冲突，好人和坏人的境遇似乎没有明显的差异，这与北欧人的信仰本质是不一致的，因为北欧文化并非一神论那样非此即彼。

在战斗中英勇牺牲的战士可能会被瓦尔基里带走，重生后以亡灵战士的身份等待"诸神的黄昏"的到来。这些亡灵战士一半去往奥丁的英灵殿瓦尔霍尔，一半去往弗蕾娅的福克温。

在瓦尔霍尔，为英灵战士提供食物的是野兽萨赫里米尼。战士们每晚以它为食，但是第二天它将重生，给战士们提供更多的食物。在福克温为大家准备食物的是安德赫利姆尼尔，他有一口名叫埃尔德瑞姆尼的大锅。瓦尔霍尔的屋顶上站着山羊海德伦和雄鹿艾尼希尼尔，海德伦源源不断地产出蜂蜜酒，艾尼希尼尔的角上滴下的水珠则重新注满赫瓦格密尔之井。他们都以世界树的树叶为生。那棵树生长在奥丁的宫殿附近，也可能是奥丁在获得如尼文魔力时进行自我献祭的地方。

在瓦尔霍尔，被选中参加大战的战士们夜夜狂欢，享用着瓦尔基里们奉上的蜂蜜酒。白天，他们永不停歇地为瓦尔霍尔备战"诸神的黄昏"，进行搏斗训练。那些在白天的训练中被杀、致残甚至被砍成碎片的亡灵战士一到晚上就会重生。然而，似乎并不是所有被收留在瓦尔霍尔的亡灵战士都安于命运的安排。英雄海尔吉死后被带到了瓦尔霍尔，奥丁请他帮忙管理这里的亡灵。海尔吉——诺恩女神曾预言他将是一位伟大的国王——大概对这样的安排很是满意，但他的宿敌匈丁就不那么开心了。匈丁在与他战斗时死去，也

左页图 在"诸神的黄昏"，许多神与他们的宿敌作战，同归于尽。托尔命中注定要被巨蛇耶梦加德杀死。在生命终结时，刚好知道自己赢了这场战斗。

上图 亡灵战士们在一天的相互搏斗后，纷纷挂彩，一到夜间便齐聚一堂，共享美酒佳肴。第二天早上，大概由于蜂蜜酒的功效，他们的伤口将奇迹般地愈合。

被带到了瓦尔霍尔，但海尔吉却让他照顾各种动物，还要他给疲惫不堪的亡灵战士们洗脚。

弗蕾娅的宫殿塞斯伦姆尼尔位于福克温。福克温是一块陆地或草地，意为"主人的田野"或"子民的田野"。我们对福克温知之甚少。弗蕾娅本人也是瓦尔基里，她每天都挑选一半战死的亡灵带回自己的宫殿进行训练。弗蕾娅可以在奥丁之前决定将哪些亡灵带往瓦尔霍尔，哪些亡灵带往福克温。但无人知晓为什么是这样，除非弗蕾娅本人就是那位负责挑选亡灵战士的瓦尔基里。

哈贾宁加维格大战

哈贾宁加维格那场永无休止的战斗，也是在弗蕾娅的掌控之下展开的。这场战斗和瓦尔霍尔的训练极为相似，不同之处在于，这是两支凡人军队之间的冲突，伤亡者晚上会复活，以此维持军队的永恒。据说，哈贾宁加维格之战发生在一座岛屿上，斯诺里·斯图鲁松认为这座岛屿属于奥克尼群岛。

只有在战斗中表现得最英勇的亡灵才有资格进入瓦尔霍尔和福

什么是瓦尔霍尔？

瓦尔霍尔，意为"英灵殿"，也被称为瓦尔哈拉，但这是一个现代称呼。瓦尔霍尔位于奥丁的领地格拉兹海姆，是一个非常军事化的地方——整个大厅以长矛为椽，盾牌为顶。但远看之下，这里一派祥和。瓦尔霍尔的前面是瓦尔格林德之门。而英灵殿有五百四十个门，可供八百名战士同时进出。据说，托尔的宫殿毕尔斯基尼尔位于瓦尔霍尔之内，不过也有资料声称其位于斯罗德万（意为"力量的原野"）。不管怎样，奥丁称毕尔斯基尼尔为瓦尔霍尔最大的殿宇。

克温，那些死在海上的人则去往雷恩的王国，其他死者都归海拉掌管。传说海姆冥界是一个阴森的地下世界，很可能是被基督教篡改后的想法，因为"海拉"一词的本意就是"隐蔽"或"隐藏"，而非"死亡"，或许暗示着死者已经超越了凡人的认知。

海姆冥界——即海拉的领域——位于伊格德拉希尔树根处的尼福尔海姆，四周高山环绕。只有跨过吉欧尔河上的贾拉勒布鲁桥，再经过一扇大门，才能进入海姆冥界。不过，但凡进入海姆冥界的亡灵一律不得出来。

至于那些没有资格进入瓦尔霍尔或福克温的亡灵的命运，不同资料有不同的说法。在北欧神话中，没有明确等同于一神论中"天堂为好，地狱为坏"的概念。人们认为，某些人之所以在死后会进入海姆冥界，是为他们生前的某些行为而遭受惩罚。他们通常犯下

左图 图中这尊前维京时代的雕像塑造的可能是弗蕾娅。她是掌管生育的女神，也掌管着福克温，这里似乎很像奥丁的瓦尔霍尔。

右图 有很多石雕都描绘了战死沙场后的亡灵被带往奥丁英灵殿的场景。这些英灵战士包括了整个维京时代的所有精英战士。然而，当"诸神的黄昏"到来时，他们似乎数量严重不足。

的罪行是通奸、杀害亲属或违背誓言，这是北欧社会中最不可原谅的三种罪行。

杀害亲属和违背誓言等罪行不仅有害社会，而且被认为会引发"诸神的黄昏"。杀害巴德尔的行为尤其应受到谴责，这也是托尔无论多么愤怒都没有杀死他父亲的结拜兄弟洛基的原因。那些犯下这些滔天罪行的人将永世待在纳斯特朗——尸体堆积的地方，巨龙尼德霍格在那里撕咬着他们的尸体，吸食着他们的鲜血。

在海姆冥界，大多数亡灵似乎过着比他们生前更加幸福的生活。有资料提到，死者过着相当正常的生活——如果这样也叫生活的话——在死后做着和他们生前同样的事情。人们普遍认为，在古北欧西部地区，有一座名叫海拉加夫杰尔的圣山，亡灵在温暖的壁炉旁边喝酒边聊天。预言家们声称，海拉加夫杰尔和平又舒适，亡灵在那里的生活与世人在地球上的生活几乎没有差别。

也有资料提到，不义之徒死后必将下到一个叫尼福尔海姆（即

右图 至于吉姆莱究竟是个什么样的地方，相关资料所述不详，甚至相互矛盾。那个地方似乎相当不错，比太阳还要美丽，居住着"诸神的黄昏"的幸存者。

"雾之国")的地方，正义之人则将往生吉姆莱（也叫西德里，取决于出处）。吉姆莱是位于阿斯加德的天堂，也被认为是"诸神的黄昏"之后幸存者的家园。这也许还意味着，在"诸神的黄昏"之后，死者有望在新世界复活。然而，这样的概念似乎充斥着基督教的影响，也可能是对原始概念的扭曲。

巴德尔之死的故事提供了许多关于死亡过程和来世的见解，也提出了一些有趣的看法。虽然巴德尔死于暴力，但这是一场相当愚蠢的游戏，而不是一场光荣的战斗。就其本质而言，他只是一场阴谋的受害者，而不是一名死于与敌人正面交锋的战士。因此，巴德尔大概没有资格进入瓦尔霍尔或福克温。奥丁向来敢于漠视人类和神的法律，却没有试图为巴德尔谋取特权。这表明，即使是强大的奥丁，也必须遵循死亡法则。有人预言，巴德尔会在"诸神的黄昏"之后那个充满奇迹和如此荣耀的新时代重生，但在此之前，他必须和其他人一样死去，必须留在海拉的冥域里。

乌鸦和狼摧毁亡者的尸体并让他们的灵魂得以被带到瓦尔霍尔。

左图 在维京人和之前的葬礼仪式中，船只占有显著地位。有的被推向大海并焚烧，有的被掩埋，有的被焚烧后掩埋。图中这艘船可能充当了把死者带到来世的精神载体。

下图 在我们的文化中，维京人的葬礼已经成为一种广为接受的理念，但这样的葬礼可能并不经常举行——毕竟，建造一艘船需要耗费巨资，而且，摧毁一艘船只有在纪念某个非常有权势或特别富有的人时才有意义。

丧礼

一个人从生者的世界转入来世是一个非常复杂的过程，而且，人类的信仰可能因地域的差异或时间的变化而有所不同。北欧宗教认为，人的本质由几个部分组成，其中的"哈明加"是人的精神的一部分，可以传给后代。这个词的大致意思为"运气"，意味着已经逝去的祖先的命运可能会影响另一个家庭成员的生活。

祖先崇拜并不少见，而一个特别令人讨厌的祖先可能会给他的后代造成困扰。值得尊敬的祖先和精灵之间似乎缺乏清晰的界限，事实上，二者指的可能是一个人。精灵是强大的超自然的存在，某些祖先也是如此。北欧的宗教术语并不特别精确，所以也许某个著名的祖先"变成"了精灵——这或许只是字面上的某种形式的转变，或许是被用来代表新地位的一个称呼。

另一方面，人的本质或灵魂部分，会延续到他的来世——无论等待他的将是什么样的来世。有证据表明，这一延续过程取决于人体的毁灭方式。这就是为什么瓦尔基里总会令人想起乌鸦这样专吃腐肉的生物或者有时被说成是这种生物的原因之一。乌鸦、狼和其

墓葬珍宝

墓葬品在北欧社会各阶层的墓穴中都很常见。工匠的墓穴中可能有各种工具，贵族的墓穴中可能有奇珍异宝，而大多数自由人的墓穴中都有武器。有些女性的墓穴中也有武器，关于这种情况有很多不同看法。目前还不知道女性战士存在的情况是否普遍，也不知道女子墓穴中随葬一把剑是否意味着她是一名真正的战士。事实上，多年来，出土的尸体如果有武器随葬，就被简单地假设为男性。不过新的证据可能表明，女性战士存在的情况比以前认为的更普遍……或者与之相反。时间会证明一切。

上图 陪葬品在许多文化中都很常见。对死者来说，这些陪葬品是带往后世的有用物品，对活着的人来说，可以有效表达对值得尊敬的家庭成员或朋友的尊重。

他动物摧毁亡者的身体，从而解放他们的灵魂，以便将他们带到瓦尔霍尔或福克温。

对于那些并非战死沙场的人而言，他们的葬礼仪式各不相同。埋葬并不少见，但在这种情况下，销毁尸体的过程要比火葬漫长得多。不过，人们通常会在死者离世后一周举行名叫斯加德的葬礼宴席，参加葬礼宴席的人都会喝一种与葬礼同名的麦芽酒。一旦这个社会性仪式结束，死者就被认为真的死去了，他的继承人就可以继承他的财产和地位。

并非所有死者都是如此，奴隶往往和他们死去的主人埋在一起，或者埋在简陋的坟墓里，以防止他们的灵魂四处游荡。做法很简单：把他们的双脚固定住或缝合在一起，或者把他们的四肢捆绑住。还有一些颇为神秘的做法，比如用某些物品陪葬，或者走一条错综复杂的路线送葬，不让棺材里的死者找到回来的路。墓穴上方的"尸体之门"是另一个有效的屏障，将不安分的死者困在墓穴里面。

那些回来的亡灵被称作"德拉格"。如果摧毁他们的尸体或砍掉他们的脑袋，就会让他们遭遇第二次死亡。德拉格经常会施展魔法，进入别人的梦乡以改变自己的形态或用某种神秘的方法穿过地面。德拉格往往是因为某个恶毒之人死后想制造更多麻烦，所以回到了原来的身体里，如果有人受到德拉格的攻击，也可能变成德拉格。某些德拉格能够随意地四处游荡，那些被困在墓穴里或墓穴附近的德拉格被称作"汉布"。

毁灭死者的肉体不仅能阻止死者成为德拉格，还能打开他们通往来世的通道。火葬是个好方法，但大众文化中所描绘的维京人火葬并不普遍。巴德尔的故事是用船进行火葬的原型。和巴德尔一起被火葬的还有他悲痛而亡的妻子以及一个碰巧路过的可怜矮人——他被托尔一脚踢进了火葬堆，但可能还活着。还有资料表明，为了防止死者返回世间，会有人给尸体修剪指甲。在"诸神的黄昏"，用死人的指甲制成的纳格法号将把敌人送到阿斯加德。修剪尸体的指甲会延缓船只的建造进程。

船只是许多北欧葬礼——不仅是海葬——的重要组成部分。石头做成的船往往被用作大人物的墓室，木船有时会埋入地下而不是推到海里烧掉。许多考古发现都是在船葬遗址上发现的，其中的陪葬品承载了北欧生活方式的大量信息。

北欧葬礼

关于北欧葬礼的现存记载寥寥无几，其中，阿拉伯学者艾哈迈德·伊本·法德兰的著作最著名。他亲眼目睹了一位酋长（或王子）的葬礼。这位酋长死于伏尔加河下游的探险活动，先是被临时掩埋，待一切准备就绪之后，便被安置在岸上的一艘长长的丧葬船上。他的随葬物品中有精美的衣服、食物、酒水以及各种动物，其中包括两匹马。

葬礼仪式中有个狂欢活动，其寓意可能是将酋长的生命力送入来世。他们让一名女奴志愿者喝下烈酒，使其陷入迷狂状态并与若干男子进行仪式性的性行为。随后，在这几位男子的控制之下，一位年长的妇女——大概是一位女祭司——杀死这名女奴。接着，他们烧毁用于葬礼的船只，并在其灰烬之上堆起一个土堆。之后，这批北欧人就离开了，这个地方很可能不再有什么特别意义，因为他们的首领已经去了另一个世界。

死亡与重生

北欧宗教讲究宿命与轮回——万物皆有定数，但死亡并不是轮回的终点。因此，"诸神的黄昏"既是世界毁灭的时刻，也是万物新生的机会。"诸神的黄昏"是不可避免的，且随着某些事件的发展日益临近，但也可能会推迟到来。杀害亲属和违背誓言，以及不修剪尸体的指甲可能会加速"诸神的黄昏"的到来，或者正如巨人希米尔一度担心的那样，如果托尔过早杀死耶梦加德，就有可能引发最后的战斗。不同于大多数有关既定事实的传说，"诸神的黄昏"是对未来的预言。

左图 许多石雕作品都描绘了"诸神的黄昏"。就像预言中所描述的那样，在这幅作品中，魔狼芬里尔正在吞噬肩上停着一只乌鸦的奥丁。

在"诸神的黄昏",诸神将迎战两支巨人部队,一大群亡灵,以及各种魔兽——他们都是洛基的后代。

"诸神的黄昏"源于日耳曼版本。学术界对其尚存诸多争议,但它指诸神的"宿命",尽管"宿命"并不一定意味着灾难。其实将"宿命"理解为"命运"可能更为合适——奥丁杀死尤弥尔的那一刻,也可能更早的时候,"诸神的黄昏"就注定会发生。但是,北欧人认为,"命运"至少是可以改变的。

诸神的黄昏开始之前,米德加德经历了连续三个冬天的战乱。那三个连绵不绝的冬天——即风之冬、剑之冬、狼之冬,俗称"芬布尔之冬",是地球上最黑暗而漫长的时期:兄弟父子互相残杀,世风堕落败坏,昔日的朋友反目成仇。

这是因为哈蒂和斯科尔最终追上了太阳和月亮,而且,斯科尔吞掉了太阳,哈蒂吞噬了月亮。星辰陨落,大地颤抖,曾经牢固的一切开始分崩离析。

三只雄鸡同时啼叫——一只在阿斯加德,一只在约顿海姆,一只在海姆冥界,标志着"诸神的黄昏"正式拉开了战争的帷幕。海姆达尔吹响了战斗的号角拉加尔,尘世巨蟒耶梦加德向陆地游来,激起了滔天巨浪,用死者的指甲做成的黑灵船纳吉尔法驶离了泊地。

洛基和芬里尔也挣脱束缚重获自由。洛基从海姆冥域带出一支军队,大概由来自纳斯特朗的杀害亲属者和违背誓言者的亡灵组成,还有一支巨人大军正乘坐纳吉尔法号扬帆而来。有的资料认为洛基是纳吉尔法号船长,也有资料认为海米尔才是这艘幽灵船船长。纳吉尔法号是世界上最大的船,可以容纳大量巨人。另一支巨人军队来自火巨人苏尔特的穆斯贝尔海姆。

奥丁与诸神在密米尔泉边商议之后,率领诸神和亡灵战士来到了维格里德平原。当苏尔特用他的烈焰之剑点燃世界时,诸神迎战各自的宿敌,并在激战中与对手同归于尽。巨狼芬里尔吞掉了奥丁,随后,奥丁的儿子维达为父报了仇——维达用脚将狼的嘴撑开,并将长矛刺入了狼的心脏。托尔杀死了耶梦加德,自己也因为巨蟒的毒液而身中剧毒,他顽强地走了九步,然后倒地身亡。

弗雷尔迎战巨人苏尔特。但是,他的剑给了仆人斯基尼尔,自己却无剑可用,于是被苏尔特杀掉了。不过,在这个故事的某些版

本中，也有弗雷尔临死前用匕首刺中了苏尔特的眼睛一说。与此同时，忠诚的海姆达尔和背叛者洛基在战斗中相遇，杀死了对方。被芬里尔咬掉了一只手的提尔迎战巨犬加姆，也与对手同归于尽。海拉带领一大群亡灵进攻阿斯加德，但巴德尔和他的兄弟霍德尔从海姆冥界归来了，与诸神并肩战斗。

苏尔特点燃的大火烧毁了一切，阿斯加德和米德加德被烧毁了，约顿海姆，甚至冰冷的尼福尔海姆，也被烧毁了。当魔龙尼德霍格飞过战场寻找尸体吞食时，世界的残骸沉入大海。当战争结束时，似乎一切都失去了生命，整个世界土崩瓦解。

然后，陆地从海里重新升起，万物复苏，无须播种的土地上重新长出了各种各样的作物。一轮新的、更美的太阳照耀着大地。两个凡人因为世界之树伊格德拉希尔的庇护而得以幸存。幸存的神灵去了伊达沃尔——那是阿斯加德昔日的所在之地。幸存的神灵包括奥丁的儿子维达和瓦利、汉尼尔和巴德尔，以及托尔的儿子马格尼和莫迪，他们一起前往了伊达沃尔。

新世界比"诸神的黄昏"之前的旧世界更加美好。在这场战争中幸存下来的瓦尔霍尔和福克温的亡灵战士们在新世界赢得了一席

上图　火巨人苏尔特用他的烈焰之剑点燃了阿斯加德。火焰最终焚毁了整个世界，但这也是世界新生的必要前提。

第六章
诸神的黄昏

右图 巴德尔终于离开了或者说逃离了海拉的冥域，与众神一起加入最后的决战。不过，他在宇宙的毁灭中幸存下来，并把他的美丽和威严带到了新世界。

之地。他们在昔日的阿斯加德所在之地建起了一座名叫吉姆莱的宫殿，还有其他一些美好的地方。例如，布里米宫，那里有着取之不尽用之不竭的酒水；还有辛德里宫，那里居住着善良而正直的人。在这个全新的世界里，在纳斯特朗的尸体岸边还有一个大厅，构成其墙壁的是一群源源不断地喷吐着毒液的毒蛇。违背誓言者在这里没完没了地淌过毒蛇的毒液，并时刻遭受着尼德霍格的骚扰。

这幅后"诸神的黄昏"世界的部分图像似乎隐含着基督教的影响，我们都认为：好人死后应该上天堂，坏人死后应该下地狱。但原始神话所描绘的很可能是世界新生之后的未来，而这个未来更符合北欧神话中其他部分所描述的原始世界。这也是轮回的一部分，就像古北欧宗教中其他许多神话故事一样。神话会随着故事的重述而发生改变，因此，800年的版本可能与1200年或2015年的版本大相径庭。然而，对于那些现在听到这些故事的人来说，神话似乎原本就是这样的。

作为基督教隐喻的"诸神的黄昏"

有趣的是，我们可以推测"诸神的黄昏"与"世界的新生"是否在某种程度上暗示着基督教取代了古北欧宗教的地位，这种可能性的确存在。

更可能的是，和其他神话一样，"诸神的黄昏"的神话故事也随着时间推移而不可避免地发展变化着。在北欧神话中，提尔曾一度被认为是阿萨神族的领袖。后来，奥丁成了诸神的领袖，因为那个时代的北欧人就是这么认为的。时至今日，我们心目中的"诸神的黄昏"可能与基督教到来之前的古北欧世界中的"诸神的黄昏"截然不同。神话的真相就是你认为什么神话是真的，那它就是真的。所以，可以说，现代版本和古代版本的神话同样真实。但是，若能弄清楚"维京时代"的人认为"诸神的黄昏"之后会发生什么事情，那肯定很有意思。

左图 "诸神的黄昏"之后的世界，万物复苏，新鲜而美好，虽非完美无瑕，但幸存者至少有机会重新开始，建设新的家园。

日耳曼新异教运动

在斯诺里·斯图鲁松所处的那个时代，如果某个学者对古老的异教宗教感兴趣，是非常危险的。因此，他不得不借用民间传说和扭曲的历史故事来展示他所收集到的古北欧诗歌。近代以来，人们对这个领域越来越感兴趣，甚至出现了一种以日耳曼传统信仰为基础的现代宗教。然而，并非所有这些兴趣都是积极的——纳粹在他们的符号学中广泛使用了北欧和北欧风格的如尼文，永久性地玷污了许多符号。

纳粹将如尼文作为符号广泛运用于各个领域，特别是在战场上用以识别军事单位。因此，许多古北欧人的符文有可能被误认为是"纳粹的象征"，而实际情况并非如此。例如，表示"提尔"的符文原本象征着"荣耀"和"领导地位"，但却被纳粹用来象征一个团，或被用作坟墓上的标志以取代更常见的十字架。党卫军的象征"双闪电"来源于老弗萨克文中表示"太阳"的符文。

当然，被纳粹盗用的最著名的标志是万字符。这是已知最古老的符号之一，发现于新石器时代考古遗址中的石雕和猛犸象牙雕刻上。在某些宗教中，这个符号具有"好运"或其他积极的内涵，在欧洲经常被称为"太阳轮"。在第一次世界大战之后的德国，好几个政治团体都以万字符为象征，但他们并非都是右翼政党。在随

左图　许多出土物品上都发现了原始的北欧图像，这表明日耳曼人和斯堪的纳维亚人之间有着密切的文化相似性。

右图　此图中的黄金酒杯上所描绘的，是骑在马背上的奥丁。这只酒杯可以追溯到 500 年左右，其产地位于现在的德国北部地区。

后的权力斗争中，纳粹党取得了胜利，从而将该符号变成自己的专用象征。

历史上，万字符有顺时针和逆时针之分，但纳粹党最终将其标准化，规定纳粹万字符为顺时针。现在，除了用于传统宗教目的的地方之外，很多国家已禁止使用这个符号。在亚洲，这个符号仍然象征着好运。但在西方国家，这个符号与象征幸运的符号截然不同。因此，一些印有该符号的商品出口到西方之后导致了诸多不快。

新异教运动也受到了人们想象中的与纳粹主义联系的影响。诚然，某些纳粹分子的确对古北欧文化和日耳曼文化颇感兴趣，但仅此而已。事实上，新异教运动远远早于 20 世纪的任何政治运动。具体起源时间很难确定，但早在 19 世纪，就有一些团体用如尼文占卜或练习魔法。

新异教

新异教运动或许是一个庞大而复杂的主题，出现了以复兴旧异教信仰为基本思想的多种变体。不同的团体用不同的名称来描述自己的宗教信仰，包括奥丁主义、异教徒和阿萨特鲁等。人们对待信仰的态度也不尽相同，有些人不太虔诚，但喜欢归属某个团体的同时又有机会稍显与众不同的样子，有些人则虔诚地崇拜旧神。

新异教在很大程度上归功于 19 世纪盛行的关于古北欧和日耳曼世界的浪漫主义观点，其吸引力也显而易见。新异教崇拜的神灵都是"大人物"，他们与巨人搏斗，捕杀巨蛇，等等。新异教信仰中不存在更主流的宗教信仰中那种单一版本的"神圣真理",因为新异教已经重建古北欧和日耳曼神话并再现了其中扑朔迷离甚或奇异的荣耀。

尽管态度各异的新异教团体普遍采用托尔的妙尔尼尔锤这一象征,但其信仰和象征意义截然不同。一些团体修炼西迪尔,这是弗丽嘉和奥丁使用的魔法,在某些情况下还用来占卜。就其意义而言,西迪尔做得更多的是改变未来而不是预测未来。类似地,修炼符文占卜的团体可能会声称符文占卜古已有之。但是,几乎没有证据表明如尼文是以这种方式使用的。

今天,新异教是一个相当小众的宗教,或更准确地说,是一个有着共同基础的宗教团体,但它似乎越来越受欢迎。看来,北欧诸神仍有强大的吸引力,而古北欧的诸多影响也贯穿在现代文化中。

左图 这个 9 世纪雕刻的桶柄上描绘着托尔和四个万字符。在被纳粹操纵和荼毒之前的几个世纪里,这个符号一直有着积极的含义。

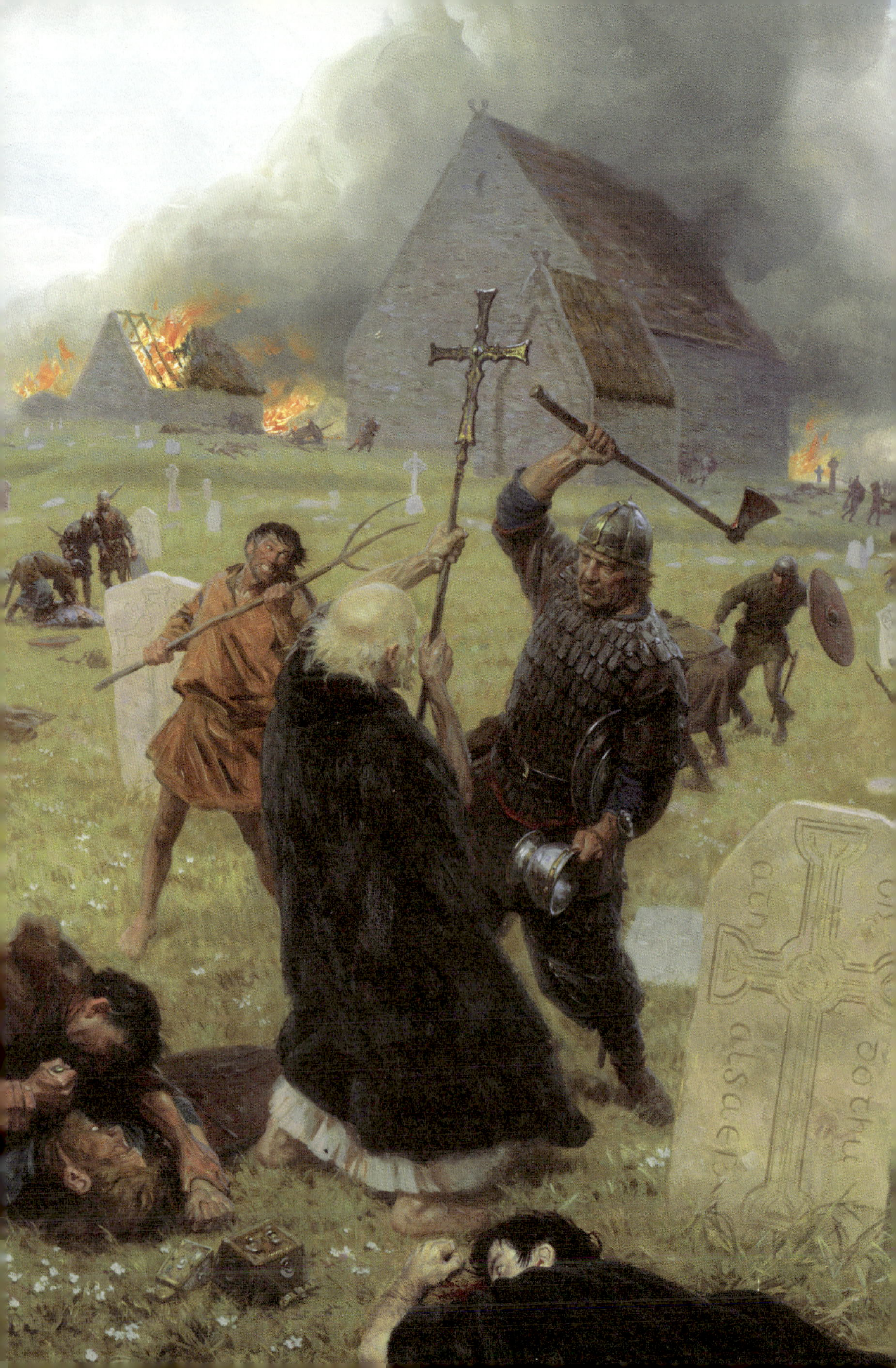

第七章

北欧宗教留给世人的遗产

虽然古老的北欧宗教早在千年前就已经被基督教取代,但其影响至今依然存在。西方文化深受北欧神话和宗教价值观的影响,许多令人钦佩的北欧社会品质仍然备受推崇。

如今,掠夺行为已不再为社会所接受,但北欧探险队的勇敢精神依然深受世人敬重。北欧人驾着帆船穿过荒凉的北大西洋,抵达冰岛、格陵兰岛,甚至北美大陆。要在开阔的海洋另一边找到陆地,这需要多么惊人的勇气啊!

左页图 这幅图画所描绘的是:在一场发生在爱尔兰的突袭中,一个北欧人一边袭击一位乡村牧师,一边还紧紧抓着他之前搜集到的战利品。

左图 发现美洲是利夫·埃里克多次航海探索未知世界航行中最伟大的成就。在这几次不可思议的航行中,他首先发现了冰岛,继而发现了格陵兰岛,最后发现了北美大陆海岸。

下图 北欧议会，又称冰岛议会，为世界上第一个真正的民主制度奠定了基础。在该议会召开的会议上，所有的成年男性都享有就重大事项发表意见和投票选举的权力。

唯一能和这些古北欧探险家们相提并论的现代人物是那三个乘着小小太空舱飞往月球的人，但不同的是他们至少知道月球就在那里！今天我们尊重和敬畏那些勇敢无畏的先驱者们，就如同过去的北欧人尊重和敬畏维京冒险家一样。

我们不赞成任何形式的暴力，但是，人们却普遍推崇强大的战斗力，钦佩战斗英雄们的坚韧和勇敢。在当今社会中，相当一部分人非常尊重现役军人、危险职业的从业人员、参加危险运动项目的运动员，例如踏上拳击场参加拳击比赛或综合格斗比赛的选手们。无论输赢他们都会获得许多人的尊重，只要他们敢于冒险并接受挑战。

从更宽泛的层面来看，当今社会的各个领域都充斥着战斗技能。例如，颇具竞争色彩的"网络射击类电子游戏"，玩家们必须"射杀"敌方队员，降低我方伤亡。敌我双方的死亡比是衡量玩家技能的重要指标。射杀人数超过我方死亡人数，是中上水平玩家的标志；射杀人数远远超过我方死亡人数的玩家会赢得其他玩家的尊重。因此，那些从未与敌人面对面战斗过的玩家此时也有一颗上阵杀敌的心。

北欧神话中蕴含的价值观

奥丁提出的大部分价值观在现代社会中仍然占有一席之地。虽然他关于女性不贞洁的观点以及他经常性的欺骗行为和随意的暴力行为不再适用于当今的文明社会，但他的待客之道和其他类似的建议仍然适用。古北欧人关于美满夫妻也是好的合作伙伴、禁止伤害妇女儿童等理念在大多数社会中都存在。

其实，北欧宗教宣扬的价值观之所以产生如此巨大的影响并不奇怪。要知道，古北欧人分布在包括斯堪的纳维亚半岛、冰岛、不列颠群岛、北欧沿海地区及现在被称为俄罗斯的大片地区在内的广袤区域，他们的商船甚至曾到过更远的地方，而且大量的斯堪的纳维亚勇士曾在拜占庭帝国的军队中服役。古北欧人的价值观广为流传，他们的故事能声名远播到远离故土的其他区域，也就不足为奇了。

"维京人"从未消失过，他们的影响力一直存在。基督教取代了古北欧人原本信奉的"异教"，但是，在诺曼人最终当上英格兰国王很久之后，那些关于古代北欧诸神的故事仍在广为传颂。东迁的维京人移民成为斯拉夫人的一部分，居住在被称为"罗斯公国"的基辅及其附近地区。"罗斯"一词逐渐演变成一个现代国家的名称。格陵兰岛和北美的古北欧人定居点早已不复存在，但冰岛却成了世界上第一个真正的民主国家。这种早期民主制度的核心原则具有典型的北欧风格——任何一个身心健康的成年男性都有选举权。冰岛只有法律，没有国王。

托尔金的中土世界与北欧神话

所有社会都在不断地发展变化，北欧人的生活方式也不例外。它逐渐演变成一种全新的模式，但其根源依然是那些古老的方式，甚至可以追溯到奥丁和他的兄弟们所创造的那个世界。北欧神话留给我们的宝贵财富广泛存在于我们自己的文化中，而且通常存在于某些相当令人惊讶的领域中，最明显的或许是奇幻小说，至少在一定程度上受到了约翰·罗纳德·瑞尔·托尔金的影响。

托尔金创造了"奇幻种族"原型,这是他对现代奇幻小说做出的最大贡献。有人可能会说,这些原型已经成为一种模式化形象。托尔金笔下的矮人是众多魔法宝物的创造者,顽强地生活在地底洞穴中。是不是似曾相识?的确,托尔金在他的作品中借用了北欧神话中那些矮人的名字。此外,他还给我们留下了另外一笔"遗产",那就是将"Dwarf"的复数误写成了"Dwarves",正确写法应该是"Dwarfs"。托尔金自己也对这个错误感到十分尴尬,因为他本人就是一个语言学家。然而,"Dwarves"这种说法不但一直流传至今,还和"Dwarfs"一样广为流行。

托尔金在他的作品中塑造了各种各样的精灵。有些精灵被赋予了神灵的魔力,另一些精灵则更为原始。这些精灵也都成了原型。在后来的奇幻作品、影片和游戏中,精灵被塑造成一些相当平凡的角色。不过,我仍然记得《指环王》里的精灵给十岁左右的我留下的深刻印象:精灵们不但充满魔力,而且相当可怕,至少在主角们对精灵尚不甚了解的前几章里是这样的情形。

托尔金率先使用了许多现代意义上的奇幻意象,比如,在阳光下化为石像的巨魔。《霍比特人》中的护金龙史矛革与北欧神话中的法夫纳有着显而易见的相似之处,尽管史矛革一直都是一条龙。史

托尔金作品中的很多主题和人物形象都成了现代奇幻小说中的原型。

北欧神话对托尔金的影响

托尔金学习古英语、日耳曼语和挪威语的传说,并在创作作品时大量利用这些传说。托尔金的一些奇幻故事是对北欧传说的重述,其他的则或多或少使用了这些古老故事的元素。一个典型的例子就是猜谜比赛。在《霍比特人》中,比尔博·巴金斯和咕噜进行了一场猜谜游戏,如果比尔博输了,他就有可能被吃掉。他赢得比赛的方式,通过问一个只有他才知道答案的问题:"我口袋里有什么?"让人想起奥丁在他自己的一场致命比赛中的作弊行为。

右图 《霍比特人》封面。

矛革守护着一处宝藏，里面藏着一枚宝石形状的戒指，谁得到了这枚名为安德华拉诺特的戒指，谁就会因为贪婪而疯狂。

托尔金还塑造了后来被视为"奇幻坏蛋"的标准形象，如兽人和地精。兽人是被黑暗魔王扭曲的、本性可憎又邪恶的精灵，有点类似北欧神话中的光明精灵和黑暗精灵。此外，托尔金作品中还出现了食人魔和各种各样的亡灵，以及大量有魔力的宝剑、戒指、盔甲和其他一些物品。

毫无疑问，托尔金最伟大的贡献是塑造了甘道夫这一角色。甘道夫与奥丁也有着明显的相似之处，实际上，他俩都使用过"灰胡子"这一假名，都游走于世界各地，浑身散发着相当神秘的智慧之光。托尔金笔下的甘道夫是一个神秘而又总是令人不放心的人物，非常像北欧神话中的奥丁。

甘道夫在某些地方并不受欢迎，甚至不时地遭到质疑。这毫不奇怪，因为他是一意孤行地游走于中土大陆之间、强大而神秘的流浪者，他是一个充满危险、不可预知的人物，有时候甚至会像奥丁一样，为了寻求智慧而前往非常危险的地方旅行，尽管这是非常不明智的。他就是托尔金脑海中的那个甘道夫——一个"奥丁式的流浪者"。但在影片《指环王》和《霍比特人》中，甘道夫在大部分情况下都被塑造成了一个相当和善、仁慈、友好的角色，他就像一位慈爱的叔叔，一次又一次地带领影片中的其他角色度过危机。影片中的甘道夫非常强大，但与原著中的角色形象相去甚远。总之，托尔金塑造了许多现代奇幻小说的原型。

流浪巫师与北欧神话

其他作家也曾使用这些一再重复的主题，还有些作家曾试图摒弃这些主题。评述芭芭拉·汉布利的奇幻作品时，评论家们往往将其《达沃斯三部曲》中的魔法师英戈尔德·英格洛里恩与托尔金笔下的甘道夫进行比较。英戈尔德年事已高，但他和甘道夫一样，也是一位出色的剑客，喜欢四处游荡。这种比较是不可避免的，倒不是因为托尔金首先创造了这个四处游荡的老巫师形象，而是因为这

一形象已经深深扎根在我们的潜意识里。然而,汉布利笔下的英戈尔德·英格洛里恩与甘道夫是两个截然不同的角色,就其本质而言两者并没有多少可比性。尽管如此,只要哪位作家笔下出现了一位与甘道夫这个奥丁式原型有任何相似之处(哪怕只有一点点相似)的巫师,就会有人进行这样的比较。

龙也是奇幻小说中的主要角色之一,通常是典型的护金龙,但也有不同。在西蒙·R.格林的《蓝月亮升起》中,主人公从龙手中救出了一位公主。当地人看见龙从空中飞过,担心自己会受到龙的袭击,便把公主绑在了一根木桩上,作为敬献给龙的祭品。主人公因为同情这个可怜的女孩,便出手救了她。但从那以后,主人公的生活却因为公主而陷入种种困境。所以,当王子前来寻找公主时,主人公兴高采烈地让他把公主带走了。这条龙还刷新了我们对龙的认知:虽然龙以喜欢囤积而闻名,而且有的龙确实喜欢囤积黄金,但该故事中的龙只热衷于收集蝴蝶。

上图 托尔金笔下的巫师甘道夫是一个典型的奥丁式人物。他集智慧、剑术和魔法于一身,并带有一定的神秘色彩。像奥丁一样,故事中的甘道夫也会突然消失,又在需要时再次出现。

在芭芭拉·汉布利创作的《龙之祸》一书中，群龙也受到了黄金的吸引，但这是因为黄金引起的心理共情，而非其货币价值。在书中，约翰·阿维森勋爵是屠龙之后唯一的幸存者。他在屠龙过程中，既冷酷无情又深感无奈。他哀叹道："他们威严而美丽，但是，他们会杀人、会毁坏村庄。"他还认为，用剑来对付龙是愚蠢至极的做法，用有毒的鱼叉和斧头才更管用。

在《龙骑士》系列小说中，安妮·麦卡弗里彻底颠覆了"恶龙"这一概念。在这些故事中，龙是人类的盟友，利用它们的飞行和喷火能力保护人类的居住地免遭来自天空的威胁。安妮·麦卡弗里笔下的龙有各种各样的颜色，其他奇幻作品也常常如此塑造龙。一般来说，读者可以依据龙的颜色甄别这条龙的力量和秉性。角色扮演游戏《龙与地下城》根据龙（以及其他许多标准化的奇幻生物）的颜色将其归为各种不同的类型：金属色的龙通常是仁慈的，其他颜色的龙则更可能是典型的喜欢搞破坏的黄金囤积者。

在玛丽·简特尔的《咕噜咕噜》中，龙是一个受到诅咒的族群——似乎许多龙族都是这样。如此一来，你从龙潭或龙宫拿走什么，你就会变成什么。在这本书中，一群兽人雇佣兵抢劫了一个龙族部落，并在那里发现了来自我们世界的现代军事装备。有了这些武器之后，这群兽人俨然成了一支"兽人版的海军陆战队"。

下图 龙是北欧饰物上的常见形象。这些饰品往往工艺复杂、制作精美。图中这只臂环，两端各有一个龙头。

西方神话中大众熟悉的元素是构建小说世界的有利因素。

第七章
北欧宗教留给世人的遗产

右图 这块墓碑位于伦敦圣保罗大教堂，碑上装饰着一块绘有龙形图案的浮雕。某些过去的装饰风格现在已成为传统风格，而许多雕刻作品就是仿照这些风格雕刻而成的。

兽人也是许多小说和游戏中的主要角色，但往往被反派角色当作炮灰。他们通常既粗野又愚蠢，并乐于为他们能够找到的最强大的主人服务。可以说，动画片《神偷奶爸》中的小黄人就是对这种冷酷无情、不怎么聪明的仆人的拙劣模仿，并将其演绎到了荒谬和喜剧性的极致。但并非所有奇幻作品都会把兽人塑造成这样的角色。

电子游戏中的古北欧元素

在《上古卷轴》系列游戏中，兽人、人类、各种精灵以及其他非人类种族都被视同"人"。在这款游戏中，兽人大都好斗且性情古怪。不过，他们只是野蛮人，而非通常所谓"长着獠牙的坏人"。《上古卷轴：天际》的故事发生在诺德人生活的地方，正如其名字所暗示的那样，那里颇有几分古北欧的味道。在所有的角色中，一位名叫伊斯米尔·武夫哈斯的诺德人备受推崇。从视觉上看，诺德人具有鲜明的北欧人特征。

《上古卷轴：天际》的主要情节围绕龙族展开。人们原本以为龙族已经灭绝，但他们现在不仅回来了，还带来了一场浩劫。这款游戏中的龙族能在天上飞来飞去，还会喷火，但似乎并不喜欢囤积黄金。玩家在冒险过程中经常会遇见一种叫"尸鬼"的对手。这些"尸鬼"是从不得安宁的坟墓中复活的古诺德勇士的尸体。游戏中的

"尸鬼"的创作理念与北欧神话中亡灵战士在"诸神的黄昏"时回来与约顿巨人并肩作战的想法有着明显的相似之处。《上古卷轴：天际》中也有巨人，但他们只是一些放牧猛犸象、喜欢独处的巨型生物。由于《上古卷轴：天际》中蕴含着如此繁多的古北欧元素，这款游戏从一开始就让玩家感到似曾相识，这种熟悉感又反过来给游戏设计者提供了一个框架，以便在其中添加一些不太为人熟悉的元素。利用人们熟知的、西方神话中的元素构建世界，即设定故事发生的背景，是非常有用的创作理念，因为玩家、读者或观众对这些元素至少有一些隐约的熟悉感。对于作家来说，在作品中使用人们熟悉的元素意味着他们无须向读者进行过多的解释，便能流畅地讲述他们的故事，并能更加详细地描绘他们所构建的世界中那些非比寻常的地方。总之，西方神话中的常见元素是小说创作过程中建构世界的一个重要组成部分。

乔安妮·凯瑟琳·罗琳推出的《哈利·波特》系列中也有人们耳熟能详的人物和生物。北欧诸神也出现在尼尔·盖曼的小说中，就连道格拉斯·亚当斯的《银河系漫游指南》系列作品中也有着北欧诸神的影子。使用这些大众熟知的概念的好处在于，作者不需要对这些概念进行解释。而且，这种创作手段还有助于提升故事的真实性和可信度，至少在某些情况下是这样的。可见，利用大众熟悉的概念是构建小说世界的一种行之有效的创作手法，而且，这种手法不仅仅局限于人物和怪物的塑造。

"格洛兰塔世界"最初是为角色扮演游戏《符石之谜》创设的游戏背景。这一创设广泛使用了北欧神话中的一些概念，而且，游戏开发者还将《埃达》列入了延展阅读书目，推荐给感兴趣的玩家。格洛兰塔的野蛮人在很多方面都很像古北欧人，包括他们的名字及其对违背誓言和杀害亲属的态度。他们中有许多人崇拜能呼风唤雨的神。格洛兰塔诸神与北欧诸神也有相似之处，他们被分成了不同的类型，其中一些神祇相互为敌。他们往往是相当复杂的独立个体，他们所做的事情都有着独特的动机，而不是出于简单的"不是行善，便是作恶"的价值观。

上图 "被绑在十字架上的恶魔"在英国的坎布利亚郡被发现。同样，在北欧神话中，洛基在设计杀害了奥丁的儿子巴德尔之后也被绑了起来。

下图 此图生动地描绘了"诸神的黄昏"的场景——巨人正在投掷石块，奥丁正带领着英勇的众神奋勇杀敌，托尔正在猛烈锤击耶梦加德，芬里尔正在大快朵颐……头顶的太阳即将陨落。

动作游戏《僵尸幸存者》中的"僵尸"与北欧传说中的"尸鬼"也有诸多相似之处。事实上，把这些"僵尸"称为"尸鬼"可能更准确，虽然这些"僵尸"故事源自加勒比海地区，但它们更像古老的斯堪的纳维亚半岛上那些不安分的尸体。只有彻底毁掉僵尸的尸体或者对其头部造成巨大伤害才能战胜它们，被僵尸杀死的人很快也会变成僵尸，这两种说法也存在于北欧神话中，但北欧神话里死人复活是因为恶毒的灵魂，而非某种感染。

有些故事甚至直接套用了北欧神话中的人物或者《埃达》中所描述的事件。大卫·德雷克的《北欧世界三部曲》就是一个典型的例子。书中的主要角色其实就是科幻版的北欧诸神，就连书中所描述的某些事件也与北欧传说中的某些事件有着惊人的相似。例如，指挥官诺斯故意挑起冲突，旨在招募一批勇士，让他们在世界防御系统即将崩溃时参加最后的决战，以保卫世界，这和奥丁的故事如出一辙。事实上，这些勇士的亡灵正是由一些像女武神那样的女人们收集起来的。这些女人有的做了凡人的俘虏，有的爱上了凡人。

书中还有一些事件也与北欧传说极为相似，诸如一个骗子偷走了一枚魔法吊坠，一名凡人女子在一名信使的恐吓下同意嫁给一位天神，等等。所有这些事件共同导致了将在世界末日爆发的那场大战。所以，诺斯首先要考虑的，是如何满足自己对勇士的需求，而非如何让人类过上和平幸福的生活，至少在他自己看来应该如此。诺斯已经预见了未来，也知道自己会在最后的战斗中牺牲。但是，他不知道这些事件在他牺牲后将有怎样的结果，故事也没有对这场战斗进行任何描述。然而，读者还是从中看到了一线希望，在诺斯战死的那一刻，故事中的主人公——正义的化身汉森——仍在战斗。

许多奇幻故事或科幻小说中所描述的"世界末日大战"场景与北欧神话中所描述的"诸神的黄昏"的凄凉场景有着一定的相似之处，有些则只是戏剧化地借用了"世界末日"这种说法。我自己写作的《世界末日2089》系列小说讲述了一场毁灭地球的未来战争。但愿那些尘埃落定后依然活着的人能生活在一个更加美好的世界！

电影、漫画书和通俗文学作品中的北欧神话

漫威系列漫画书及影片中的雷神索尔也许称得上是改编自北欧神话的最著名的人物。索尔在处理问题时十分任性，且常常过于咄咄逼人，但比北欧神话中的托尔聪明那么一点点。漫威将索尔刻画成了一个英勇的保卫者形象，他不但保卫了自己的家乡——仙宫阿斯加德，而且还保卫了我们的家园——地球。

索尔的原型是奥丁的儿子托尔，但没有托尔那么诡计多端，喜欢四处惹事。在北欧神话中，洛基是奥丁的结拜兄弟，也就是托尔的叔叔。但在漫威故事中，洛基被改编成了奥丁的养子，也就是索尔的弟弟。在漫威电影中，洛基一开始并不知道自己是约顿巨人——阿斯加德的敌人——的孩子。后来他发现了这个真相，加上他越来越嫉恨索尔所受到的偏爱，便开始计划摧毁阿斯加德。

在漫威版本的北欧神话中，阿斯加德人是拥有神力的高级生物，但并不是真正的神。他们的力量来自先进的技术，而非魔法，尽管对于人类来说，这两者在大多数时候难以区分。在漫威推出的系列

作品中，海姆达尔日夜守卫着一座彩虹桥。为了防止约顿巨人的入侵，索尔曾忍痛摧毁了这座桥，一度切断了这条从阿斯加德通往地球和其他世界的常用通道。不过，彩虹桥后来又修好了。

奥丁出现在了电视连续剧《邪恶力量》中。和奥丁一起出现的，还有一个自称洛基的人，但他实际上是乔装打扮的大天使加百列。奥丁和他的同伴们以前都是神，但后来因为失去了人类的崇拜而成了拥有强大的超自然力量的生物。奥丁嘲笑其他的宗教信仰，尤其不齿"世界是一块驮在巨大龟背上的平板"这样的观点，并声称他知道自己将如何死去——被一只巨狼吃掉。然而，他和他的同伴们对即将到来的"犹太—基督教大灾变"感到十分担忧，因为以这种方式毁灭世界也会使转而信仰基督教或其他现代宗教的人类遭受灭顶之灾。

为了完美地讲述某个故事而对某个神话人物进行改编很常见，就连最初的故事也进行过加工，从而有了现存的诸多版本。而且随

上图 图中这座彩虹桥明显比许多故事中所描述的那座闪闪发光的彩虹桥牢固许多。传说，彩虹桥将被攻击阿斯加德的约顿巨人推毁。

左图 此图中的奥丁十分威严，肩膀上是那两只忠心耿耿的乌鸦乌金和穆宁，脚边是两头凶狼基利和库力奇。

着时间的推移，北欧传说本身也发生了改变。例如，众神领袖原本是提尔，但是，由于后来人们的信仰发生了改变，奥丁成了众神领袖。

　　影片《霍比特人》三部曲就是一个典型的例子。影片中不仅像甘道夫这样的人物形象与原著略有不同，甚至某些角色在原著中根本不存在。比如，精灵莱戈拉斯原本是漫画书《指环王》中的一个角色，却出现在了电影《霍比特人》中，而电影中的精灵女战士塔米尔在原著中根本就不存在。这些人物之所以被添加到了《霍比特人》系列影片中，只是为了满足剧情发展的需要。巨人这一角色的创作手法也是这样，他们被塑造成了索尔的对手或者某些魔法宝藏的来源。有人认为，为了对北欧神话进行有机整合，斯诺里·斯图鲁松在中世纪的冰岛撰写《埃达》时也杜撰了某些情节。现在，改编自北欧宗教的各种故事不但出现在了书本中，也出现在了电影屏幕上。

另外一些故事的背景设置则结合了神话和野史。贝奥武夫的故事就是这样一个例子，该人物出自一首古英语叙事长诗。这首长诗讲述了一位名叫贝奥武夫的英雄如何帮助丹麦国王赫罗斯加击败两个怪物的故事。赫罗斯加国王为了彰显国家武力而建造了一座名为希罗特的雄伟宫殿，却因此招来了怪物格伦德尔的攻击。基特武士贝奥武夫帮助国王杀掉了这只怪物，并因此被迫与格伦德尔的母亲为敌。五十年后，贝奥武夫的国土遭到了一条巨龙的攻击。贝奥武夫最终宰杀了这条巨龙，但他也因被巨龙在脖子上咬了一口而中毒身亡。后来，这个故事被改编成了各种各样的版本，出现在书籍和影片中。

贝奥武夫的传奇故事不仅有一部分发生在丹麦，而且显然受到了北欧神话之类的英雄传说的影响。与此同时，贝奥武夫的传奇故

右图 贝奥武夫是一位典型的殉道式英雄人物。在其漫长的除魔生涯的最后时刻，他与巨龙殊死搏斗。他一生做了很多伟大的事情，并最终为保护那些他所照顾的人而献出了自己的生命。

事也对其他许多故事产生了影响，其中有些故事直接重述了这个传说，另一些故事则对其进行了更加复杂的改编。尼文、波尔内和巴恩斯合著的科幻小说《鹿厅的遗产》就属于后面这种情况。在这部小说中，来自地球的殖民者们不但给自己在新世界里所扮演的角色起了我们十分熟悉的名字，而且称呼那个袭击他们的可怕怪物为格伦德尔。殖民者们摧毁了这个怪物，但并没有取得真正的胜利——很快，一大群格伦德尔降临到了他们的殖民地。于是，拯救殖民地的重任落到了一个像贝奥武夫一样的人物身上。故事的结局是：贝奥武夫虽然杀死了这群怪物，但自己也死在了恶龙手中。这样的结局是个坏兆头，预示着殖民地的未来仍然是个未知数。这一点在续篇《贝奥武夫的孩子们》中得到了证实。

迈克尔·克莱顿的小说《食尸者》（根据这部小说拍摄的影片名为《第十三个勇士》）则结合了一位阿拉伯学者在北欧大地上的真实经历和贝奥武夫的故事。书名中的食尸者是一个被称为温多尔的原始食人部落。他们身穿熊皮，可能就是传说中的狂战士。这些食人魔一到夜晚就四处恐吓当地村民，终于，一群武士发起了奋勇反抗。该故事的主角也是一位死于毒伤的王子。值得注意的是，作者之所以写这个故事，部分原因在于他相信传说中过时的、枯燥乏味的贝奥武夫故事可以被改编成一部激动人心的现代小说。事实证明，这种想法是正确的，这部作品获得了巨大成功，还被翻拍成了电影。

通俗文化中的北欧神话

通俗文化中的一些元素也与北欧神话有着千丝万缕的联系。理查德·瓦格纳创作的《女武神》堪称最具辨识度的古典音乐作品之一。自被《现代启示录》1979年使用以来，这首经典名曲现在已被视为剧中某个角色在做某件鲁莽的或挑衅性事情时的绝佳配乐，即使在那些不知道乐曲出处的人看来，也是如此。在僵尸题材系列电视剧《僵尸国度》中，当一群幸存者在袭击一个满是食人族和不死族的院子时，他们在卡车顶上的喇叭里所播放的，就是这首《女武神》。

瓦格纳的《尼伯龙根的指环》

《尼伯龙根的指环》的剧情围绕一枚魔法戒指展开，这枚戒指虽不叫安德华拉诺特，但是与之相似。为了重获这枚遗失的魔戒，沃坦（即北欧神话中的奥丁）派出了主人公齐格弗里德前去屠杀法夫纳，但齐格弗里德却遭到了背叛和杀戮。名叫布伦希尔德的瓦尔基里因违背了沃坦的旨意而被贬凡间去过普通人的生活，她将魔戒物归原主后自刎身亡。最后，诸神战败。这个故事主要改编自日耳曼史诗《尼伯龙根之歌》，其故事情节正是来自《诗体埃达》和《散文埃达》中的《沃尔松格萨迦》。

右图 布伦希尔和沃坦，选自理查德·瓦格纳的系列歌剧《尼伯龙根的指环》。

许多类似的场景中都出现过这首乐曲，但它最初来自音乐巨匠理查德·瓦格纳创作的史上最伟大的歌剧《尼伯龙根的指环》。这部俗称《指环》的大型歌剧由四个部分组成，即序幕《莱茵河的黄金》、首部《女武神》、续篇《齐格弗里德》和结局篇《诸神的黄昏》，总时长十六小时左右。剧中的主要角色既有凡人也有天神，包括若干凡人英雄、女武神和北欧神祇。

人们在听到《女武神》时会产生联想，这足以说明北欧神话对通俗文化有着怎样的影响。可见，这首根据北欧和日耳曼故事创作的歌剧音乐已经成为一种标志，而且，乐曲本身也已被赋予了特定的寓意，或者说已经成为一种象征。这就好比说：北欧神话故事犹如池塘里的一朵大水花，而当水中的物体再次受到撞击时，它们又会激起新的涟漪。如今，虽然最初的水花早已了无痕迹，但它激起的那些涟漪已经激起了其他的涟漪，后者又激起了更多的涟漪。

奥丁提出过各种饱含智慧的箴言，其中之一是：除了对一个人的一生所进行的审判之外，其他的一切都会渐渐消亡。一个人终其一生所赢得的名声将永垂不朽——即使不能永垂不朽，那也肯定比人类的寿命更长。可以说，名声是一种超越死亡的方式——我们的话语和行为不但会影响他人，还会通过这些人影响到更多的人。我们逝去很久之后，我们一切行为所激起的涟漪会逐渐扩散，然后越来越淡，直至最终与其他的涟漪消融在一起。的确，涟漪终将消失，但它们所产生的影响将永世流传，最终成为我们庞大的文化体系中的一小部分。

北欧神话和英雄传说也是如此。数百年来，已经没有多少地方的人继续崇拜古老的北欧诸神，北欧人既不再袭击欧洲沿海地区，也不再在这些地方从事贸易活动。"维京时代"早在1000多年前就已结束。然而，时至今日，我们仍然可以感受到强大的北欧文化所产生的影响。只要仔细观察，就不难发现：北欧神话激起的涟漪依然在我们身边荡漾。是的，这些涟漪或许已经微不可察，但它们始终都在。

牛会死，亲人也会死，
每个人都会死；
但我知道，
有一样东西
永远不会消亡——
那就是
伟大死亡的荣耀
　　——《哈瓦马尔》

左图　如今的通俗文化中依然存在一些与古北欧神话息息相关的元素，包括剑和圆盾、蛇和龙，以及某些即使那些不知道其起源的人也似乎"觉得颇为北欧化"的艺术风格，等等。